COLLECTION FOLIO

# Jean-Marie Rouart
*de l'Académie française*

# Le Scandale

Gallimard

© Éditions Gallimard, 2006.

Jean-Marie Rouart, né en 1943, est l'auteur de plusieurs romans, dont *Avant-guerre* (prix Renaudot) et *Une jeunesse à l'ombre de la lumière* (Folio n° 3768), d'un essai sur le suicide (*Ils ont choisi la nuit*) et d'essais biographiques : *Morny, un voluptueux au pouvoir* (Folio n° 2952) et *Bernis, le cardinal des plaisirs* (Folio n° 3411).

Il a été élu à l'Académie française en 1998 au fauteuil de Georges Duby.

*À Michel Mohrt*

« Quand on voit ce que sont les hommes, comme c'est bien d'être vaincu. »

MONTHERLANT

« Essayer, essayer encore ; échouer, échouer encore, échouer mieux. »

SAMUEL BECKETT

« Si je préfère les femmes aux hommes, c'est parce qu'elles ont sur eux l'avantage d'être plus déséquilibrées, donc plus compliquées, plus perspicaces et plus cyniques, sans compter cette supériorité mystérieuse que confère un esclavage millénaire. »

CIORAN

# PREMIÈRE PARTIE

# 1

Paisible. C'est le mot qui venait pourtant à l'esprit quand on apercevait la petite ville de Norfolk du haut des collines boisées qui la surplombaient. Quand on s'en approchait par une petite route poussiéreuse, ombragée de frênes et de châtaigniers, cette impression rassurante s'installait durablement. Les villas s'alignaient bien rangées, toutes un peu semblables bien que différentes, unifiées par un style pseudo-colonial avec leur véranda et leurs allées de bégonias. La plupart étaient peintes de couleurs pastel. Les rideaux des fenêtres, brodés à l'ancienne mode, et le marteau en cuivre bien astiqué qui ornait les portes blanches témoignaient que chacun bridait avec orgueil la tentation du laisser-aller. Aussitôt une autre épithète venait s'accoler à la précédente : celle de pimpante ; avec ce que cela comporte de méticulosité, d'allégresse de l'ordre et de jubilation dans la décoration florale. Norfolk restait une cité à l'échelle humaine, un gros bourg qu'on sentait appliqué à maintenir ses traditions architecturales et rebelle à tout édifice susceptible de l'enlaidir. Même la scierie, d'un rouge vif, et la distillerie, peinte d'un vert cru à faire grincer les dents, participaient à la joliesse du lieu.

Ce jour-là — on était en automne —, la douce lumière de l'été indien faisait rougeoyer la cime des arbres. La veille, le vent du nord avait purifié le ciel devenu céruléen et bousculé les feuilles mortes aux teintes fauves. Un jardinier noir les ramassait d'un air pénétré. Dans le jardin public, dominant la vaste pelouse, le général Custer, sabre au clair, figé dans la pierre, continuait à combattre des Indiens imaginaires, ceux qu'il n'avait pas exterminés. Le jardinier avait allumé un feu sur le terre-plein pour qu'aucune feuille morte ne risquât de s'égarer sur la voie publique. Le feu, lui aussi, renforçait cette image rassérénante. Il brûlait avec pétulance. Régulièrement, le jardinier y déversait le contenu de sa brouette en fer qui étincelait au soleil. En s'approchant, une odeur infecte se dégageait du foyer qui empestait les narines. Cela ne semblait troubler personne, ni le jardinier ni les badauds.

Cette puanteur à peine croyable dans une petite ville aussi bien tenue provenait à coup sûr d'une charogne, probablement le cadavre d'un renard pris au piège qu'on avait jeté dans le feu. Car, dans cette contrée si paisible, on vouait une haine inexpiable aux renards qui pullulaient pour une raison inexplicable. Plus on en tuait, plus ils se reproduisaient. Pourtant, on tentait de les exterminer de toutes les manières imaginables : à l'aide de pièges, de boulettes de strychnine, en les asphyxiant dans leurs terriers ou en les pourchassant par des battues. À bout de ressources, certains paysans se défoulaient avec rage de leur impuissance, crucifiant à la porte des granges les animaux qui avaient eu le malheur de tomber entre leurs mains. On avait vu des gens tout à fait convenables et connus pour leur maîtrise de soi perdre tout contrôle. Ainsi avait-on surpris le révérend Edward Brown, l'un des pasteurs de Norfolk, rouge, en sueur, le fusil sur l'épaule, en train de clouer un renard sur le tronc d'un chêne centenaire. Il avait maintenu droite la tête de l'animal en lui plantant des clous dans les oreilles. Le renard, les yeux ouverts, semblait regarder droit devant lui, tandis que sa queue fauve en panache se mêlait décorativement au tapis de feuilles mortes.

Cette prolifération donnait lieu à nombre d'explications et de discussions chez les habitants. Au Tomahawk, le cabaret, chez John Rolley, on s'empoignait ferme entre joueurs de cartes sur les origines de cette calamité. Dans la fumée bleue des cigares, des suppositions fusaient : des plus scientifiques (comme la disparition des loups) jusqu'à des théories abracadabrantes (comme l'annonce de l'apparition d'une comète). Certains allaient même chercher jusque dans la Bible des lumières sur ce phénomène qu'ils n'hésitaient pas à comparer aux dix plaies d'Égypte.

Il est vrai que, dans cette population attachée à ses principes religieux, la Bible pouvait donner une explication à tout. Elle servait à maints usages. Elle donnait à tous le sentiment que, derrière leur bonheur, le Tout-Puissant menaçait en permanence de châtier leurs fautes — même si ce Dieu semblait lointain et au repos, ayant depuis longtemps remisé ses colères et ses foudres pour aller exercer sa fureur sur des peuples qui méritaient son juste châtiment. Elle offrait une lecture convenable aux jeunes filles, à condition de ne pas en abuser car les romans leur étaient eux aussi déconseillés. Enfin, quand la législation de l'État laissait à désirer, la Bible pouvait avantageusement suppléer ses lacunes. Car le sentiment qui dominait obscurément ici et exaltait intimement les âmes, c'est que les habitants de Norfolk appartenaient à une tribu d'Israël dirigée en terre américaine par la volonté du Seigneur qui, pour une raison connue de lui seul, leur avait assigné cette contrée verte, giboyeuse, et non la terre aride et desséchée de la Judée. Ils n'étaient pas loin de prendre la sage Molly River où ils pêchaient la truite pour le mythique Jourdain et la verte colline du Mount Adams pour le grandiose Sinaï.

2

La population de Norfolk, composée pour l'essentiel d'un fond d'émigrés méthodistes d'origine suédoise auxquels s'étaient mêlés des Allemands calvinistes, vivait sur des traditions religieuses rythmées par la vie du temple : un édifice crémeux qui avait un faux air de gâteau de mariage. Sa cloche tintinnabulante signalait sa présence à toutes les heures du jour et de la nuit. Se fût-elle tue — ce qui était impossible —, il aurait été tout aussi présent tant la ville avait été construite autour de lui et de manière qu'il fût toujours le point de mire. Même la nuit, il était éclairé.

Une église pentecôtiste, à l'est de la ville, dans le quartier pauvre, était réservée aux Noirs qui y vivaient ou à ceux des plantations et des fermes d'alentour. Ce quartier noir — en fait, un ghetto — rassemblait une centaine de baraquements entassés dans un repli de terrain : on n'en voyait que les façades les moins sordides qui pouvaient donner le change avec leurs balcons fleuris. Derrière elles, un lacis de ruelles boueuses, régulièrement inondées par les crues de la Molly River, conduisait à des masures en torchis et à des maisons en bois. Mais comme les maisons de façade, impeccablement tenues, faisaient illusion et que les Noirs s'habillaient avec recherche, surtout le dimanche, un œil non averti ne pouvait s'apercevoir de la misère qui, souvent, y régnait. Des baraquements descendaient jusqu'à la Molly River où se trouvait une auberge éclairée de lampions multicolores.

Quand les matrones noires lavaient leur linge dans le fleuve, souvent avec leur bébé sur le dos, en chantant de vieilles chansons du temps de l'esclavage pour se donner du cœur à l'ouvrage, ce spectacle pouvait offrir l'image d'un bonheur simple et d'une communauté apaisée. Ce terme d'esclavage, prononcé inconsidérément, était banni du vocabulaire dans les deux communautés. Pour les Noirs, on parlait « d'avant », « dans le temps passé » ; les

Blancs, eux, parlaient « d'avant la guerre » et, souvent, ils rajoutaient « cette saleté de guerre » pour qu'on ne puisse pas la confondre avec la glorieuse Première Guerre mondiale.

Les deux populations coexistaient sans se voir, sans se toucher, avec une apparence d'indifférence ; une indifférence bon enfant car, de part et d'autre, beaucoup se connaissaient et certains s'appelaient même par leur prénom.

Jim Gordon ne s'était jamais posé de questions sur l'existence de ces deux communautés séparées par une barrière invisible. Ni publiquement ni dans l'intimité, il n'y avait jamais fait aucune allusion. On ne se souvenait pas de l'avoir entendu émettre le moindre propos qui pût être interprété comme une position philosophique ou politique sur ce sujet. Il faut dire qu'il appartenait à la race supérieure, celle qui autrefois détenait droit de vie et de mort sur les esclaves. Pourquoi d'ailleurs se serait-il interrogé ? Aucun habitant de race blanche de Norfolk ne semblait manifester le moindre doute sur cette question. Dieu seul était responsable de l'ordre du monde. Et si Jim Gordon s'était posé des questions, il n'avait pas eu tort de les tenir inexprimées dans son for intérieur. N'importe quel propos sur ce sujet aurait paru déplacé. Il n'était pas de bon ton qu'on en causât.

S'en était-il vraiment posé ? Plus tard, quand les événements et la force des choses l'amenèrent à s'en poser un peu trop, il se souvint qu'en réalité, à plusieurs reprises, il avait été au bord de s'interroger sans oser franchir la limite des conventions et des usages. Au fond, comme il arrive à beaucoup de gens, il n'avait réfléchi que lorsqu'il avait souffert.

L'existence pour lui avait toujours été dorée. Le beau Jim avait été un enfant choyé, un adolescent qui traînait tous les cœurs de jeunes filles après soi et même ceux des garçons. C'était un jeune homme doux, effacé, un peu mou, sans beaucoup d'initiative et qui semblait devoir ressembler en tout point à son père. Il avait toujours été un suiveur et il était bien parti pour le rester. Il suivait ses camarades dans leurs jeux, il suivait les conseils de son père, observait les critiques de ses professeurs et les remontrances de sa mère. Comme s'il avait à cœur de dissimuler son originalité — s'il en avait une, ce dont on pouvait douter —, il s'appliquait à se conformer aux désirs que les autres avaient pour lui. Aussi pouvait-on imaginer qu'il traverserait la vie sans faire trop de bruit, en obéissant scrupuleusement aux us et coutumes de son milieu. Il serait aussi identique à son père que celui-ci l'avait été par rapport au sien. Bref, que sa vie se passerait — comme celle de la plupart des gens — non pas à exister pour lui-même, mais à se soumettre à la norme sociale et à remplir avec exactitude les obligations qu'elle lui imposerait. En conséquence, il était aussi peu prédestiné que possible — pour rester dans les termes de la théologie calviniste — à devenir un héros de roman, ni le héros de quoi que ce soit.

Son père, Henry, un ancien militaire, avait fait fortune en découvrant une mine de cuivre dans des terrains achetés à bas prix. Il l'avait exploitée, puis revendue avec un bon bénéfice à un trust quand elle ne produisait plus rien. Il avait tout investi dans l'achat de fermes dans la région. Sa mère, Jane, était originaire de Boston. C'est là qu'elle avait connu Henry qui y tenait garnison. On disait — c'était une turlutaine dans les réjouissances familiales — qu'il l'avait enlevée. Cette pure légende qui tirait son origine de leur voyage de noces mouvementé aux chutes du Niagara avait pour seul but d'agrémenter d'un peu de piment de l'illicite et de l'aventure une existence confinée dans la morale la plus exacte et les convenances les plus strictes.

Sous les dehors d'une affection convenue, Jane marquait à Jim une grande indifférence — comme au reste de la famille, d'ailleurs. Elle ne l'aimait pas, pas plus qu'elle n'aimait son père. Et c'était cette ressemblance du fils à son père qui l'empêchait d'éprouver des sentiments pour lui. Elle s'était mariée comme on se suicide pour échapper au désespoir. À dix-sept ans, le jeune homme qu'elle adorait était mort d'une leucémie. Elle l'idolâtrait vivant, mort il était devenu un spectre qui la hantait. Personne ne pourrait plus jamais rivaliser avec le défunt paré de toutes les séductions de la non-existence. Frigide comme une banquise, elle acceptait la vie, acceptait d'y jouer un rôle d'épouse, de mère, de maîtresse de maison, mais le cœur n'y était pas. Elle remplissait ces obligations comme un devoir. Son existence en deuil d'une présence essentielle semblait consister à attendre le moment où elle rejoindrait dans l'autre monde celui qu'elle avait perdu. Pour meubler le temps qui l'en séparait, elle avait le bridge qui dévorait ses heures creuses. Les tournois, les annonces, les levées la maintenaient le plus possible hors de chez elle. Quand elle revenait dans sa famille, elle se comportait en tant qu'épouse et mère comme une femme de ménage qui compte les heures, fait scrupuleusement son travail, mais rien de plus.

Jim avait cependant un secret : un de ces lourds secrets que l'on garde cadenassés dans la mémoire familiale. Ailleurs, cet épisode aurait été considéré comme un péché de jeunesse, mais dans cette ambiance puritaine il avait été hissé au rang d'une tragédie. Et, d'un point de vue qui n'était pas celui de ses parents, qu'ils ne pouvaient même pas imaginer, c'en avait été une. On voulait à tout prix n'accorder qu'une importance minime à cette histoire. Mais à force de n'en point vouloir parler, dans la surchauffe de cette serre moralisatrice, elle était étrangement présente, comme une tare obsédante.

Jim, qui avait alors dix-huit ans, avait eu une aventure amoureuse avec une jeune Noire à peine plus âgée que lui. Si cela n'avait eu lieu qu'un soir, au cours d'une de ces beuveries où la jeunesse locale s'amusait à dépuceler les jeunes filles noires, on n'en aurait même pas parlé. Et peut-être l'avait-il rencontrée un soir de boisson ? Mais, l'ivresse dissipée, Jim avait été pris d'une autre sorte d'ivresse. Il avait voulu revoir la jeune fille. À plusieurs reprises, on les avait aperçus le soir sur les berges de la Molly River qui, avec ses bancs de sable blanc, offraient des couches ombragées si propices à l'amour.

Mais, à cette époque, une autre affaire, beaucoup plus grave celle-là, défraya la chronique. Lors d'une de ces beuveries, une jeune Noire était morte après une soirée plus chaude qu'à l'ordinaire. On avait retrouvé son corps dans le fleuve. La police avait conclu au suicide bien que son visage et son corps fussent marqués de contusions. Le sergent de police James Robertson affirma au juge Nathan Parker qu'en se jetant de la berge elle avait heurté des rochers, ce qui expliquait les meurtrissures.

Le juge trouva-t-il ces explications convaincantes ? Sans doute. Mais le bruit créé par cette affaire, les plaintes venues du quartier noir et les élections qui approchaient l'amenèrent à exercer sa mission avec un zèle exemplaire. Il ordonna une enquête qu'il confia, pour plus de sûreté, au sergent Robertson afin que les conclusions ne soient pas de nature à ameuter le quartier noir qui risquait d'entrer en effervescence. Car, outre les Noirs auxquels cette affaire donnait prétexte à engager d'autres plaintes pour des affaires similaires jamais élucidées, les Blancs s'indignaient eux aussi de certaines insinuations qui mettaient en cause l'un des rejetons d'une des plus honorables familles de la ville : les Middelton-Murray.

Robert Middelton-Murray, un grand blond à l'air roublard avec une démarche d'ours, était suspecté d'avoir été le chef de la bande de joyeux drilles qui avaient fait bamboche cette fameuse nuit au cours de laquelle, par pure malchance, la jeune fille noire avait décidé de mettre fin à ses jours. Cette coïncidence était évidemment troublante d'autant que, selon certains, un des garnements avait avoué à son père qui le morigénait sévèrement que non seulement Robert Middelton-Murray avait accompli l'acte de chair avec menace et violence sur la jeune fille, mais qu'ensuite il avait proposé à ses camarades qui la maintenaient à disposition d'en profiter à leur tour. Une femme de chambre de couleur avait été témoin de cette confession et l'avait rapportée au pasteur. Mais pouvait-on croire une Noire forcément partiale ?

Pour le juge, cette dernière calomnie concernant le rejeton d'une des familles les plus estimées de la région parut presque plus grave que la mort de la jeune fille. Il menaça de ses foudres et des rigueurs de la loi, qui réprimaient durement cette sorte de préjudice, tous ceux qui la colporteraient. Mais, dans cette ville, Dieu soit loué, la loi du silence l'emportait largement sur la loi pénale et sur toutes les autres lois.

Aussi le juge put-il rassurer l'honorable Middelton-Murray père sur l'issue de cette affaire. Il le fit au cours d'une de ces parties de chasse à la perdrix qu'il affectionnait, à laquelle le notable l'avait invité, dans sa magnifique propriété située à vingt minutes de la ville. Le juge était heureux de faire plaisir à un homme à qui sa carrière devait beaucoup et qui, de surcroît, appartenait à la loge maçonnique dont il était le Vénérable.

Qu'il n'y eût pas d'affaire, mais une simple coïncidence, troublante certes, à n'en pas douter — mais la vie d'ici-bas, dans cette vallée de larmes, est-elle autre chose qu'une suite d'événements plus ou moins tristes ? —, satisfaisait le juge au plus haut degré. Il détestait ces enquêtes qui mènent on ne sait trop où, ravivent les plaies, remuent de la boue, discréditent les gens honorables et, au bout du compte, ne servent à rien. La jeune fille était morte. Aucune enquête n'aurait le pouvoir de la ressusciter. Qu'au moins sa mort servît à la paix et non à envenimer les discordes. À cette satisfaction professionnelle et sociale s'ajoutait un plaisir plus personnel : il était ravi qu'aucune menace ne pesât plus désormais sur les généreuses invitations à venir chasser la perdrix que dispensait le fastueux M. Middelton-Murray.

3

C'est lors de cette trouble affaire que la rumeur des amours illicites du jeune Jim Gordon se répandit. Sans doute la diffusa-t-on à dessein, afin d'ouvrir un dérivatif aux esprits surchauffés. On décida de sévir et de faire cesser un scandale qui n'avait que trop duré. Tout se passa bien sûr sans que le juge intervînt. Selon des coutumes qui avaient cours à cette époque, inspirées du code noir, la jeune fille — elle se nommait Angela — coupable d'avoir eu une liaison avec Jim fut appréhendée une nuit par quatre hommes, le visage masqué. Sous la contrainte, ils la firent enfermer dans une maison close de Bethlehem, une petite ville située à une cinquantaine de kilomètres de Norfolk qui avait une garnison et toute une soldatesque dont il fallait calmer les ardeurs. Elle reçut en sus dix coups de fouet pour son méfait et on lui tatoua au fer rouge sur le bras droit la lettre d'infamie.

Quant à Jim, pour le purger de toute velléité de revoir la jeune fille, on l'envoya faire des études de droit à Boston. D'où il passa à l'armée dans la cavalerie. Il y resta deux ans et en sortit avec le grade de lieutenant. Il ne revint définitivement à Norfolk qu'une fois marié.

Il avait épousé une Bostonienne, la fille d'une cousine de sa mère ; une belle fille parfaitement *wasp* qui manifestait beaucoup de gaieté, était entreprenante, et dont l'esprit était solidement ancré dans des bases puritaines. On ne pouvait faire meilleur mariage : milieu, famille, biens au soleil, physique attrayant, elle était dotée de tout ce qu'il faut pour être une maîtresse de maison accomplie et rendre un mari heureux. Elle avait été fiancée à un catholique — mais cela, on ne le disait pas. Le mariage n'avait pas eu lieu pour une raison restée mystérieuse. Puis le fiancé s'était suicidé. Cela ne semblait pas avoir entamé la bonne humeur de Sally qui mordait dans l'existence avec la franchise de ses belles dents nacrées et tout l'entrain de sa jeunesse.

Quant à Angela, on n'en entendit plus parler. Du moins ouvertement. D'anciens habitués des virées nocturnes dans le quartier noir l'avaient retrouvée à Bethlehem. Ils clamaient, lorsqu'ils étaient pris de boisson, qu'on pouvait « lui faire tout ce qu'on voulait pour vingt dollars ». Tout sauf l'insulter. Elle avait en effet craché au visage d'un ancien ami de Jim qui s'était permis de lui tenir des propos outrageants après avoir usé de son corps autant qu'il l'avait pu et en avoir eu pour son argent. Il s'était plaint au bordelier, un métis qui avait donné à Angela une raclée en public dont elle se souviendrait longtemps.

Dans la petite ville de Norfolk, on ne s'apitoyait nullement sur le sort d'Angela qu'on jugeait mérité. C'était elle l'origine du scandale. N'avait-elle pas entraîné dans la débauche un honnête garçon aux mains pures qui, à cause d'elle, avait failli connaître le déshonneur ? Elle était le vice incarné, les ténèbres, le Diable. Tout châtiment lui serait encore trop doux. D'ailleurs, la mère de Jim avait été la plus déterminée à sévir contre la jeune fille. Cette femme, modérée d'ordinaire, devenait furibonde à l'idée que son fils, comme elle le disait, « si délicat, si blanc, si blond, ait pu serrer dans ses bras le corps d'une abominable négresse ». Cela dépassait son entendement. Elle ne pouvait croire que cette fille ne soit arrivée à ses fins sans employer une magie, un philtre d'amour, pour le corrompre. Le père de Jim, plus débonnaire et qui avait connu la vie d'un militaire, voyait les choses avec plus de flegme. Il aurait simplement souhaité que l'histoire ne se fût jamais sue. Comme dans l'armée. Pas vu, pas pris. Car coucher avec une femme noire, cela faisait après tout partie des expériences d'un homme comme d'attraper la syphilis, se battre à coups de poing, tomber de cheval ou perdre au poker. Mais il était trop civil pour tenter d'amener son épouse à la raison. Il laissait dire, comme d'ailleurs dans beaucoup d'autres occasions.

4

Bien qu'il fût étranger à la région et, de surcroît, catholique, on trouva Robin Cavish tout à fait sympathique. Dans cette contrée, à tout le moins peu hospitalière, où le Yankee était considéré au plus bas degré de l'échelle humaine, juste avant le Noir, le juif et l'Indien, on ne sut jamais comment il s'y prit pour se faire accepter aussi rapidement. C'était un épais garçon à la tignasse rousse qui ne payait pas de mine ; pourtant, dès qu'il se mettait à parler, à faire des gestes dans tous les sens, à s'agiter et à se lancer dans les discussions les plus variées, le charme opérait. Les auditeurs étaient conquis. Il n'était personne qui, pris dans le phare de ses yeux bleus et tarabusté par ce moulin à paroles, n'eût été immédiatement séduit. Il réchauffait l'atmosphère. Ses aphorismes et ses paradoxes le rendaient aussi impertinent qu'un elfe sur un nuage rose qui se serait permis d'aller taquiner le glaive impitoyable du Dieu vengeur. Car on ne riait pas franchement à Norfolk. On ricanait plutôt. On ciselait des sarcasmes, on décochait des plaisanteries corrosives comme de l'acide. La présence de Robin Cavish eut pour effet de détendre les esprits. Inconsciemment, on lui était reconnaissant de rappeler à chacun que la vie était plus vaste que les limites du comté, plus généreuse que les aigres cancans du voisinage. Dans un monde confiné, il apportait des effluves d'air océanique.

Au bout de quatre jours, installé dans une des chambres au confort modeste que louait le propriétaire du Tomahawk au-dessus de son café, il était de toutes les parties de cartes, invité à la chasse au renard, l'ennemi héréditaire. On le retrouva même, ô miracle, chez les Middelton-Murray où il était si difficile de s'introduire. Ce garçon, un peu farfelu, bouillonnant d'idées, travaillait, disait-il, au *Chicago Star*. On lui avait commandé un article sur les renards. Pour joindre l'utile à l'agréable, il avait choisi ce comté pour y passer ses vacances tout en menant son enquête cynégétique à la paresseuse. Un journaliste donc, mais bien différent de Tom Steward, le vieil homme binoclard et à moitié sourd qui rédigeait la feuille locale, toujours pleine d'erreurs, de fausses nouvelles et d'annonces erronées, mais qu'on continuait pourtant à lire chaque dimanche avec avidité.

C'est ainsi qu'il apparut chez les parents de Jim sur la foi d'une parenté avec une grande famille de Boston. Il se lia donc aussi avec Jim. Ils allaient souvent à la pêche à la truite dans des sources de la Molly River et chevauchaient de conserve dans les allées cavalières de la forêt.

Robin Cavish aurait été adopté sans hésitation, n'eût été son catholicisme qui, selon les habitants de Norfolk, lui collait à la peau. « Sympathique, vraiment un bon garçon, mais il sent le papiste à cent lieues », grommelait Tom Steward qui, lui aussi, l'avait pris en affection mais craignait obscurément l'ombre qu'il pourrait lui faire sur le plan professionnel. Car, depuis longtemps déjà, il aurait dû prendre sa retraite. Cette perspective l'accablait. Que deviendrait-il sans les servitudes de sa feuille de chou ? Il serait obligé de rester nez à nez avec sa vieille femme — elle avait son âge — ou d'aller stupidement chasser le renard comme tout le monde. Ici, dans ce bureau, il n'était comme personne. Du moins avant la venue de ce satané gaillard de Robin qui, avec quarante ans de moins que lui, se permettait de lui donner des conseils de pair à compagnon. Il ironisait aussi sur ses méthodes de composition surannées, ce qui avait le don de l'agacer prodigieusement. Ce n'était pas à son âge qu'il allait investir dans un procédé de linotypie moderne. Mais, à dire vrai, rien de ce que lui disait Robin n'aurait pu trouver grâce à ses yeux usés. Avant, il était le seul à détenir le titre ronflant de journaliste-éditorialiste et, maintenant, avec ce blanc-bec, ils étaient deux. Et l'autre avait l'avantage de la nouveauté, de la jeunesse, toutes ces choses qui s'usent si vite.

Il espérait que la mort le surprendrait là, sous sa lampe verte, à tenter d'éliminer les coquilles qui, parfois, rendaient incompréhensibles ses articles. Robin Cavish venait chaque jour lui tailler une bavette. Il était curieux, le lascar. Il se renseignait sur tout le monde au point qu'un jour le vieux journaliste s'était demandé s'il n'était pas de la police. Mais les flics, il les sentait venir. Tandis que ce jeune homme avait une manière de s'insinuer dans votre pensée, de vous sortir les vers du nez avec une habileté vraiment démoniaque. Pourquoi diable avait-il évoqué devant lui l'épisode de la jeune fille noire, celle qui était morte noyée dans la Molly River ? Le type d'histoire à ne pas raconter à n'importe qui, surtout pas à un étranger. Mais Robin lui avait offert une bouteille de cognac et, dans les vapeurs d'une semi-ivresse, tandis qu'il pointait ses fameuses coquilles, il s'était laissé aller à dégoiser ce qu'il savait. L'autre avait paru bougrement intéressé. Il lui avait même emprunté de vieux journaux qui évoquaient l'affaire — la fausse affaire, bien sûr.

Tom Steward n'était pas resté quarante années à ce poste délicat de vigie sans une bonne dose d'opportunisme. Il savait faire marche arrière comme personne dès qu'il sentait qu'il était allé trop loin. Quarante ans sans un seul ennemi, pour un homme chargé chaque semaine du dur métier d'annoncer la vérité ! La vérité ou ce qui s'en approchait, ou plutôt la vérité qui serait la moins désagréable, la plus acceptable pour chacun de ses lecteurs. On aurait bien chagriné le vieux Tom si on lui avait révélé qu'il agissait avec cet art de la casuistique qu'employaient les jésuites qu'il exécrait par-dessus tout. Tout en rangeant les casiers où étaient soigneusement alignés ses caractères d'imprimerie, Tom se jura à lui-même qu'il se montrerait plus méfiant à l'avenir.

# 5

Lisbeth, la tante de Jim, avait un caractère fantasque. C'est ce qu'on disait dans la famille pour expliquer une originalité qui lui était venue d'on ne savait où. D'autres, plus crûment, disaient qu'elle avait un grain. Peut-être tout simplement se révoltait-elle intérieurement contre le poids écrasant de cette atmosphère familiale et sociale. Ce qu'on appelait ses excentricités, c'était sa manière de sauver cette petite flamme de sa vraie vie qui brûlait encore en elle et que tous avaient tenté d'éteindre. Elle arborait de grands chapeaux à fleurs et sillonnait la ville sur une bicyclette de couleurs vives : tantôt mauve, tantôt garance, car elle la repeignait elle-même avec soin chaque année. La couleur variait au gré de son inspiration. Peut-être était-elle un peu folle, mais on chuchotait beaucoup de sornettes aussi à son propos. On disait que, si elle restait célibataire en dépit des propositions flatteuses qui n'avaient pas manqué de lui être faites en raison de sa fortune, c'est parce qu'elle avait les hommes en horreur depuis qu'un nègre avait tenté de la violer, quand elle avait douze ans. Il était bien difficile de savoir le bien-fondé de cette histoire, on dit tant de choses dans les familles.

Elle parlait souvent toute seule, hissée sur sa bicyclette. Quand elle se dirigeait vers l'est et les collines, elle emportait sa boîte de couleurs qui bringuebalait sur un curieux porte-bagages en fil de fer qu'elle avait confectionné derrière sa selle.

Elle s'en allait peindre des fleurs de la campagne, campanules, marguerites, coquelicots. Elle les observait soigneusement, parfois avec une grosse loupe, afin de pouvoir les reproduire avec exactitude sur de minuscules toiles de la taille d'un missel qu'elle faisait faire tout exprès à Bethlehem. On la voyait souvent à quatre pattes au milieu des champs, observant d'un œil cyclopéen ses fleurs favorites. Elle s'en revenait parfaitement heureuse en chantonnant des airs d'opérettes de sa jeunesse. Elle offrait immanquablement une de ses œuvres à chaque Noël, chaque *Thanksgiving*, pour les anniversaires, les mariages. Les enterrements étaient la seule cérémonie qui n'offrait aucun bénéficiaire à ce cadeau qu'elle présentait toujours enveloppé dans un papier de grande qualité avec des impressions qui faisaient penser à la toile de Jouy et un joli ruban assorti.

On lui préférait de beaucoup cette activité de peintre de plein air à l'autre exercice qui la conduisait dans la direction opposée, vers le quartier noir. Là, armée d'une trousse de secours, munie de divers médicaments, elle allait de masure en masure comme si elle était chez elle, afin de fournir des soins à la population misérable. Elle avait passé un diplôme d'infirmière, faute de pouvoir poursuivre des études de médecine auxquelles son père avait mis le holà, estimant que ce n'était pas un milieu pour une jeune fille de bonne famille. Certains se demandaient — ceux qu'elle ne soignait pas — pourquoi elle mettait tant de zèle à se mêler de ce qui ne la regardait pas.

On aurait jugé sévèrement cette conduite déplacée si sa réputation d'être un peu zinzin ne lui avait valu beaucoup d'indulgence. Dans le quartier noir, elle était très populaire. Ses manières originales, ses propos décousus, bredouillés si rapidement qu'ils étaient rarement compréhensibles, accroissaient même son prestige dans une communauté où la folie douce a toujours été prisée comme une preuve de grande sagesse. Sam, l'apiculteur, que l'on considérait comme un marabout, avait avec elle de longs entretiens. Ils échangeaient des poudres, des liqueurs, des tisanes. Il n'empêche, cette incursion régulière en zone noire faisait froncer les sourcils car personne ne s'y aventurait à moins d'avoir une bonne raison : qu'elle soit d'ordre sexuel, commercial ou policier.

Quand elle revenait de ses escapades dans la magnifique villa des parents de Jim, ceux-ci haussaient les épaules avec un sourire résigné.

Elle se rendait souvent à Bethlehem pour y faire des emplettes car elle était très coquette. Elle prenait le bus au matin et revenait par celui du soir. Contrairement aux usages, elle allait s'asseoir à l'une des places réservées aux gens de couleur.

On murmurait que ces expéditions dissimulaient quelque affaire secrète. Certains disaient l'avoir vue à plusieurs reprises en conversation — ô horreur — avec un prêtre catholique. D'autres qu'elle avait des rendez-vous avec un métis de mauvaise réputation nommé Archibald. Un homme de sac et de corde. Comme il ne pouvait y avoir de liens entre le prêtre catholique et ce forban d'Archibald, on avait mis ces propos sur le compte de la médisance, cette médisance qui faisait les délices et le charme épicé de la ville de Norfolk.

Un jour d'escapade à Bethlehem, son banquier, qui était aussi celui de son frère, avait téléphoné à celui-ci pour le prévenir qu'elle avait retiré une grosse somme d'argent, vingt mille dollars, sans lui en fournir la raison. À son retour, on chercha en vain à lui faire avouer à quel achat elle destinait cet argent. Elle refusa de répondre. Comme son frère insistait — il ne badinait pas avec l'argent, fût-il celui de sa sœur —, elle tint des propos incohérents. Puis elle se mit en colère et alla se coucher sans dire bonsoir à personne. Cela se passa en l'absence de Jim qui était alors dans son exil de Boston à potasser ses cours de droit. Sinon on l'eût envoyé en émissaire auprès de sa tante qui l'adorait — elle lui écrivait chaque semaine — et à lui seul elle se fût certainement confiée. Mais il était difficile de le faire revenir et de l'obliger à parcourir quatre mille kilomètres pour éclaircir cette seule question. Vingt mille dollars ! C'était quand même une grosse somme pour acheter des chapeaux à fleurs !

6

Pour beaucoup, le métis Archibald était une énigme. Il était difficile de démêler le vrai du faux concernant sa mauvaise réputation. On lui reprochait mille choses sans pouvoir apporter la preuve d'aucun méfait ni d'aucune vilenie. On le soupçonnait d'avoir volé des chevaux ou, à tout le moins, fréquenté ceux qui les volaient, d'avoir été mêlé à divers trafics illicites. Ce qu'on savait de source sûre, c'est qu'il avait eu maille à partir avec la police pour son insolence. Il avait la langue bien pendue. Et aussi, ce qui agaçait fort ses détracteurs, une exacte connaissance de ses droits. C'était irritant de la part d'un homme dont on avait la conviction qu'il vivait en infraction. Certains espéraient le prendre un jour sur le fait. Sur le fait de quoi ? Nul ne le savait. Mais un gars à la conduite aussi pendable se mettrait forcément un jour dans un mauvais cas. L'essentiel des griefs qu'on nourrissait contre Archibald, c'était d'être ambitieux. Loin d'accepter la misère, il travaillait dur et, sans instruction, s'était inscrit à des cours par correspondance. Il lisait beaucoup. Et ses lectures aussi étaient suspectes. À quoi pouvaient-elles servir à un nègre ? Déjà, pour un homme éduqué appartenant à la race privilégiée, la lecture semblait une activité pour le moins frivole, sinon peu recommandable. Mais pour un Noir ?

C'est sans doute par la police qu'on avait su l'histoire de son tatouage sur l'épaule. Une petite inscription à l'encre violette en caractères gothiques. *Nevermore*. Cela paraissait bizarre. Les policiers, qui ne lisaient pas Edgar Poe, ne pouvaient le soupçonner d'avoir des lectures subversives. Mais cette inscription mystérieuse ancra dans leur esprit l'idée qu'ils avaient affaire à un mauvais esprit.

À dire vrai, si Archibald s'était contenté de demeurer gardien de troupeau, vacher ou avait accepté de moisir dans un métier obscur, on ne lui aurait pas fait ces reproches. On n'aurait même jamais parlé de lui. Tandis que, là, sans être riche, il avait amassé un petit pécule qui lui permettait de mener un train de vie forcément suspect. Il avait d'ailleurs également pris ses distances avec la ville de Norfolk. Un jour, la nouvelle parvint qu'il allait devenir le métayer d'une belle ferme située à une dizaine de kilomètres du bourg. Une ferme convoitée car non seulement la maison de maître, de belle allure, avait appartenu à un ancien sénateur, mais elle produisait des céréales en abondance et son troupeau de vaches était l'un des plus importants du comté.

Le propriétaire, un vieil Irlandais catholique, continuait d'habiter la demeure qui ressemblait à un manoir avec son architecture gothique. Il n'avait plus l'âge de diriger l'exploitation. Marié avec une femme beaucoup plus jeune que lui, qui avait été la gouvernante de ses enfants après la mort de sa première femme, décédée des suites d'un accident de voiture sur la route de Bethlehem, il avait toujours bon pied bon œil. Mais cette jeune épouse, dont il pensait qu'elle lui fermerait les yeux et serait le soleil de ses vieux jours, venait de mourir d'une embolie après lui avoir donné un fils. Ses enfants du premier lit, mécontents de son remariage, avaient quitté le comté et lui battaient froid. La mort de la jeune femme n'y avait rien changé. Le vieil homme solitaire n'avait plus pour compagnie qu'un prêtre catholique et les vagissements de son fils en bas âge.

Mais l'information concernant la promotion du métis Archibald avait à peine eu le temps d'être digérée qu'une nouvelle encore plus stupéfiante circula. Il venait d'épouser Angela, Angela, oui, la jeune fille noire dont Jim avait été amoureux et que, pour la punir, on avait enfermée dans un bordel de Bethlehem. Des questions se bousculaient. Comment un homme, même un métis, pouvait-il surmonter le dégoût et la honte au point de s'aboucher avec une prostituée et de l'épouser ? Ce métis Archibald était décidément un homme qui bravait tous les interdits, un asocial. Quand, quelques mois plus tard, Angela accoucha d'une petite fille au teint clair et aux yeux bleus, on ricana. Cette naissance arrangea fort le vieil Irlandais qui avait besoin d'une nourrice pour son fils. On se demanda même si cette future naissance n'avait pas été décisive dans la transaction menée si rondement.

Les langues se délièrent. On laissa entendre que le métis Archibald avait eu longtemps ses habitudes au bordel de Bethlehem. Ce qui expliquait qu'il y eût rencontré Angela. Mais ceux qui affirmaient ces choses n'insistaient guère de peur que l'on risquât de leur faire avouer qu'ils fréquentaient eux aussi le fameux bordel.

Si moralement désagréables qu'elles pussent apparaître, ces deux affaires n'étaient assurément pas claires. Avec quel argent le métis Archibald avait-il acheté les droits de métairie ? Comment était-il parvenu à libérer Angela d'une maison close sans offrir un solide dédommagement au bordelier ? Car les filles qui sortaient libres du bordel de Bethlehem étaient rares. Certaines avaient bien cherché à s'enfuir. La police se mettait alors en quatre pour aider le patron à les rattraper. Elles recevaient une telle raclée qu'il était rare qu'elles aient le goût de recommencer. L'une d'elles avait fait une nouvelle tentative. On avait retrouvé son corps mutilé dans un bois, sous les feuilles mortes. À la puanteur qui se dégageait du cadavre, un promeneur crut qu'il s'agissait d'un renard empoisonné. La police procéda à des expertises et conclut vite au suicide. Le shérif, lorsqu'il se rendit, comme presque chaque soir, boire un verre de rhum gracieusement offert par le patron, lui passa ostensiblement un savon. La rumeur de la correction s'était répandue. À l'avenir, il devait avoir la main un peu moins lourde s'il ne voulait pas avoir un autre suicide d'une de ses pensionnaires sur la conscience. Mais tandis que le shérif morigénait le patron, qui avait l'air penaud du petit garçon pris le doigt dans le pot de confiture, quelqu'un avait surpris dans la glace un sourire de connivence sur son visage, au plus fort de la réprimande.

Quand on demandait à Bill, le gros Bill, un métis lui aussi, pourquoi il avait laissé partir Angela, si appréciée de sa clientèle après seulement huit mois de turbin, il était gêné et changeait de conversation. Un jour qu'il avait un coup dans le nez et que certains clients le poussaient dans ses retranchements, il s'exclama : « Vous ne me croiriez pas, mes amis, si je vous disais qui a payé pour elle. Un prêtre, oui, un prêtre catholique ! » Même si dans le comté un prêtre catholique pouvait être facilement chargé de tous les péchés d'Israël, cette révélation passa pour un propos d'ivrogne. La question restait donc en suspens. Qui avait payé ? Le métis Archibald, oui, mais avec quel argent ? Car personne n'imaginait qu'il avait pu économiser une telle somme. Était-ce grâce à des revenus illicites ou alors quoi ?

7

Jim, durant toute la période de ses études de droit à Boston, puis pendant ses permissions militaires, avait fait de plus ou moins longs séjours à Norfolk. Personne ne lui parlait bien sûr des événements qui avaient été la cause de son exil. Lui-même ne les évoquait jamais. Moins encore que s'il se fut agi d'un autre. Quand il rentrait à la maison, on lui faisait fête. La tante Lisbeth mettait les cuisines et le personnel sens dessus dessous, et mobilisait toutes ses ressources culinaires qui, hélas, n'étaient pas à la hauteur de ses intentions, pour lui confectionner elle-même des gâteaux aux pommes. Mais, si heureux qu'il fût, selon toutes les apparences, de retrouver le cocon familial, Jim passait la plupart de ses journées dehors. Il sellait son cheval, sortait son fusil Purdey de son beau coffre en bois de merisier que lui avait offert son oncle pour ses quinze ans et, accompagné de son chien, un beagle, se dirigeait vers l'est du comté. Là où la campagne vallonnée était la plus belle, là où se rendait souvent sa tante Lisbeth pour y peindre, armée de sa grosse loupe, des fleurs sauvages. Il poussait jusque dans la forêt de hêtres, attachait son cheval à la branche basse d'un arbre et continuait sa promenade à pied, le fusil cassé sur l'épaule, son insupportable chien beagle à ses côtés.

Celui-ci ne comprenait pas, lui que son instinct et son hérédité poussaient à débusquer le renard, à le poursuivre jusqu'à ce que mort s'ensuive, pourquoi son maître était à ce point indifférent à ce genre de chasse. Jim ne rapportait dans sa gibecière que des perdrix ou des poules d'eau. Ce que l'animal ne comprenait pas apparaissait également comme une conduite absurde aux habitants du comté qui, à plusieurs reprises, l'avaient vu — oui, de leurs yeux vu — laisser filer un renard poursuivi par le beagle sans même mettre son fusil en joue.

Cette originalité était mal perçue. Elle était interprétée comme une insubordination, voire une réprobation, vis-à-vis des intérêts vitaux de la communauté. Mais, après tout, on ne pouvait l'obliger à partager l'enthousiasme collectif pour l'extermination des canidés. Tom Steward, le vieux journaliste, sa visière sur le front pour protéger ses yeux fragiles de la lumière électrique, avait son idée là-dessus. « C'est un garçon qui veut faire le malin et montrer qu'il n'est pas comme les autres. Ça lui passera. » Et il se replongeait dans ce brouillard de mots imprimés qu'il appelait son journal.

Cette abstention en matière de chasse au renard valait à Jim, en dépit de ses nombreux amis et de la chaleur qu'il leur exprimait, une réputation d'être au fond de lui-même un peu asocial. On mettait cela sur le compte de l'adolescence qui rend parfois les jeunes hommes un peu ombrageux et les braque contre les usages.

Ce que Tom Steward et les habitants de Norfolk ignoraient, c'est que parfois des pensées non pacifiques le traversaient. S'il n'avait pas le cœur à fusiller des renards, il aurait en revanche bien volontiers abattu comme des chiens, l'un après l'autre, les quatre salopards qui avaient malmené Angela pour la conduire au bordel. À qui appartenait le break Chevrolet avec lequel ils avaient accompli leur méfait ? Même s'il y en avait un à Norfolk, Jim ne pouvait soupçonner son propriétaire qui n'était autre que le pasteur Edward Brown. Mais alors qui étaient les quatre hommes ? Jim était partagé entre le désir de savoir la vérité et une confortable incertitude. Par tempérament, il choisit le parti le moins glorieux. Mais la haine était toujours là. Savoir que ces hommes habitaient Norfolk, qu'il leur souriait, leur serrait la main, lui inspirait un profond dégoût.

Durant ces longues promenades, Jim s'allongeait au pied d'un hêtre ou rêvassait en écoutant le chant des oiseaux et les bruits de la forêt. Parfois, il poussait plus avant au milieu des arbres. On l'avait souvent aperçu près de la hutte en branchages des charbonniers que ceux-ci avaient utilisée pendant de longues années pour confectionner leur charbon de bois. Mais ils avaient délaissé ce lieu peu accessible pour un autre, proche de la Molly River, où ils pouvaient plus aisément convoyer leurs productions au moyen d'une barge amarrée à un ponton. Ces charbonniers, qui, bien sûr, étaient noirs, recevaient des pluies de quolibets de la part des pêcheurs à la truite. Les plaisanteries avaient toujours trait à la noirceur de leur métier si en accord avec celle de leur peau. Les pauvres bougres finissaient par en rire, faute d'avoir le droit de répliquer. On leur criait : « Tu ne risques pas de te salir les mains », ou : « Avec ta peau, pas besoin de douche », et autres sarcasmes peu raffinés qui avaient pour effet de faire fuir les truites dans les roseaux qui bordaient la rivière.

Parfois, Jim ne rentrait chez lui que lorsque le soir était déjà tombé. Il lui arrivait de rester dans la forêt pour passer la nuit à la belle étoile, soit dans la hutte des charbonniers, soit sur l'herbe, au pied d'un chêne, la tête appuyée sur sa selle qui exhalait une bonne odeur de cuir et de suint. Enveloppé dans le tapis de selle, il était réveillé à l'aube par sa jument qui lui passait de manière affectueuse sa longue langue chaude sur le visage. Quand ses parents s'étonnaient de cette inclination soudaine pour la vie à la dure, lui qui avait toujours connu une existence douillette, il leur citait des vers de Walt Whitman qui les rassuraient. Walt Whitman dans beaucoup de familles avait un effet sédatif. C'était le seul poète, le seul écrivain, dont l'évocation ne fît pas froncer les sourcils du pasteur. Ces promenades au grand air dans les bois semblaient réussir à Jim car lui si souvent taciturne en revenait toujours de bonne humeur. Il taquinait sa tante Lisbeth et on entendait leurs fous rires qui montaient du fond du jardin.

Pendant longtemps, il ne vint à l'idée de personne que ce bois n'était distant que d'un demi-mile du ranch dont le métis Archibald était devenu, à la suite d'on ne savait quelle ténébreuse transaction, le chanceux métayer.

8

Sous les dehors de la plus suave entente, les deux pasteurs de Norfolk se détestaient cordialement. La religion qui aurait dû les réunir, car ils appartenaient l'un et l'autre à l'Église réformée, même si l'un était méthodiste et l'autre anabaptiste, n'avait réussi qu'à dissimuler sous une épaisse couche d'onctuosité ecclésiastique les flèches qu'ils se lançaient à l'insu de leurs ouailles. Le révérend Edward Brown détestait le pasteur Jonas Savanah parce qu'il était noir et celui-ci le méprisait comme blanc. Ni Salomon ni Yahvé Lui-Même n'eussent pu ramener à la concorde ces deux cœurs distraits de l'amour divin par les passions terrestres.

Le révérend Edward Brown, le méthodiste qui régnait sur la ville blanche, avait la religion de l'ordre. Pour lui, cet ordre qui consistait à placer les Blancs à la droite du Seigneur, du côté des élus, et les Noirs à sa gauche, avec les damnés, avait été malmené par la funeste abolition de l'esclavage et les idées pernicieusement libérales qui y avaient conduit. Il jugeait déplorable la disparition de cette salutaire barrière qui séparait autrefois institutionnellement les deux communautés. Il tirait de la Bible de nombreux arguments en faveur de ce manichéisme.

Ses fidèles auraient été étonnés d'apprendre que le révérend Brown avait été vingt ans plus tôt un progressiste, un libéral aux idées si avancées qu'il lui était même arrivé d'être taxé de communisme. Très intelligent, bon orateur, il avait fait de solides études et avait été favorisé par le Haut Conseil méthodiste qui voyait en lui un de ses représentants les plus prometteurs. Nommé à Chicago dans un quartier huppé où ses sermons attiraient la foule des fidèles, il les électrisait par son verbe, mais son ambition l'avait poussé à proposer la construction d'un nouveau temple de dimensions beaucoup plus vastes afin que son éloquence pût s'y déployer et donner des ailes à sa réputation naissante. À cette fin, il avait lancé des appels de fonds auprès de sa communauté et organisé des tombolas qui avaient rapporté des sommes considérables. La gestion de ces fonds s'était révélée désastreuse. L'homme qui les gérait, un Noir que lui avait recommandé la hiérarchie, en avait astucieusement prélevé une bonne partie. Et quand l'affaire éclata, sa probité fut mise en cause par un pasteur noir également qui mena une violente campagne contre lui et l'humilia publiquement.

Le scandale l'avait contraint à quitter Chicago. Cette injustice, ressentie cruellement, l'avait changé. Non dans son caractère intransigeant et qui cédait facilement à l'emportement, mais dans ses idées. Insensiblement, en moins d'un an, il était passé du progressisme au ségrégationnisme le plus radical. Il avait rejoint le camp de ceux contre lesquels il avait tant lutté. Ses idées, pas celles qu'il prônait autrefois, mais celles d'aujourd'hui, ne l'empêchaient pas d'être un pasteur très attentif à ses ouailles, un père qui s'occupait avec beaucoup de zèle de ses quatre enfants et de sa femme dépressive à qui il dispensait des trésors de tendresse. Il promenait tout son petit monde à la campagne à bord de son break Chevrolet, ce même break qui inspirait à Jim des pensées confuses.

Son homologue dans le quartier noir, le révérend Jonas Savanah, n'avait rien à lui envier sur le chapitre de l'intransigeance. C'était lui aussi un exalté qui, partant du même texte, la Bible, en tirait des conclusions inverses. Il n'était pas loin de considérer Jésus comme un révolutionnaire, un insoumis, une sorte de Spartacus mâtiné de Lénine, qui, loin de promulguer la loi d'amour, passait son temps à chasser les marchands du Temple. Il le voyait à son image, violent, sectaire, emporté, ennemi du compromis et de la modération. Il lui prêtait ses frustrations et ses haines. Il le dépouillait de tout esprit évangélique et il lui transfusait le sang bouillonnant des prophètes et des rois guerriers de la Bible.

Ce pasteur noir croyait fermement que ses frères étaient en réalité des Juifs appartenant à une tribu d'Israël qui devait souffrir pour mériter l'amour du créateur. N'y avait-il pas une curieuse similitude entre le destin des Juifs errants après la destruction du Temple de Salomon et l'errance de ces peuplades africaines déracinées ? Les Juifs n'avaient-ils pas été plusieurs fois soumis à l'esclavage à Babylone, en Égypte ? Enfin, sur le plan tant racial que géographique, il trouvait plus de légitimité au peuple noir à se croire une ascendance et une parenté avec les Juifs de Judée et de Samarie qu'à ces grands gaillards à la peau blanche, aux oreilles rouges et aux yeux bleus venus des frimas de la Suède et de la terre gelée du Septentrion. Ce peuple noir élu avait besoin d'un autre élu pour le conduire. Et, au fond de son cœur, le pasteur se sentait avec orgueil le destin d'un Moïse. Un Moïse à l'étroit dans les limites du comté de Norfolk.

Les deux pasteurs, malgré la couleur de leur peau, avaient néanmoins un certain nombre de croyances, de rites, d'usages en commun. L'un et l'autre, sans s'être donné le mot, sans même en avoir jamais parlé, regardaient le personnage de Jim avec méfiance. Et ce pour des raisons diamétralement opposées.

# 9

On s'étonna de voir Robin Cavish, le journaliste roux qui enquêtait sur le pullulement des renards, se promener si souvent avec Sally, la femme de Jim. Celui-ci ne semblait pas se formaliser outre mesure de leurs relations. Sally s'ennuyait à Norfolk. Elle regrettait Boston. Robin lui apportait des nouvelles de son pays, il avait cet esprit vif, paradoxal, qui émoustillait cette fille élevée dans une famille stricte.

Il y avait probablement d'autres explications encore. Notamment, Robin avait été à Harvard avec Franckie, le fiancé de Sally qui s'était suicidé. Ils avaient donc aimé le même garçon, certes à un moment différent de sa vie, mais Sally était curieuse d'avoir des informations sur l'existence et la véritable personnalité de l'homme qu'elle avait tendrement aimé et qui avait mis fin à ses jours d'une manière si inexplicable. Il y avait là un mystère qui la troublait. Elle ne désespérait pas d'en connaître un jour la raison. Cette raison lui était nécessaire afin d'abolir le sentiment de culpabilité qui la rongeait. Son fiancé s'était tiré une balle de revolver dans la bouche quelques semaines après une querelle au sujet du contrat de mariage. Franckie avait fait état devant le notaire d'une fortune qu'en réalité il ne possédait pas. Il était sans le sou. Fou d'amour pour Sally, il avait trafiqué l'état de son patrimoine. Sa fiancée était suffisamment riche pour que cette question ne fût pas déterminante. Mais elle et surtout son père avaient jugé sévèrement le procédé. Et notamment les explications fantaisistes qu'il leur avait données. Finalement, les choses s'étaient apparemment arrangées. L'énervement dissipé, on avait continué les préparatifs du mariage avec un jeune homme qui, s'il n'était pas fortuné en effet, avait pour lui d'avoir fait de brillantes études à Harvard et d'être promis à un bel avenir.

Sally était-elle heureuse avec Jim qu'elle avait épousé pour sortir de la dépression qui avait suivi le suicide de Franckie ? Elle s'était persuadée qu'elle était amoureuse de lui. En réalité, elle avait été frustrée de ce premier mariage qui ne s'était pas conclu : la robe de mariée prête, les invitations lancées, les félicitations et la jalousie de ses amies. Au lieu de la fête et du bonheur escompté, il y avait eu une cérémonie funèbre et le malheur. Ses parents avaient vu en Jim le garçon idéal pour arracher Sally à la mélancolie qui risquait de ruiner sa santé. Jim s'était laissé faire. À cette époque, il se comportait comme un somnambule. Il ne semblait pas avoir à cœur de s'opposer aux décrets du destin. Et puis Sally était belle, et elle était riche. De plus, cela faisait tellement plaisir à ses parents qu'il se laissa marier sans résistance. Il eut même l'air assez heureux tandis qu'au bras de la mariée on le mitraillait de grains de riz censés porter bonheur.

En réalité, les pensées de Jim étaient ailleurs. Il vivait, jouait au tennis, montait à cheval, participait à des fêtes avec des amis de son âge, poursuivait ses études de droit, revêtait l'uniforme de sous-lieutenant de cavalerie sans pouvoir détacher ses pensées de ces instants de fièvre qu'il avait vécus avec Angela. Même lorsqu'il s'enivrait avec ses camarades, même lorsqu'il lui arrivait d'avoir des passades avec des étudiantes, le souvenir de la jeune fille noire continuait de brûler dans son cœur. Son esprit quittait les lieux où il se trouvait, quels qu'ils fussent. Un cours d'économie politique, une fête bien arrosée, le lit d'une étudiante de Wellesley avec laquelle il venait de faire l'amour, oui, même le jour où il avait annoncé ses fiançailles avec Sally, même quand il avait reçu cette pluie de riz censée leur porter bonheur. Il ne pensait qu'à Angela.

Tous les épisodes de leur liaison restaient gravés dans son être. Aussi indélébiles que le tatouage du métis Archibald. Sans cesse, en imagination, il revenait sur les berges de la Molly River, sur les bancs de sable à l'ombre des saules pleureurs tandis qu'une nuit tiède et étoilée les enveloppait, les isolant comme une autre île. Au loin, ils entendaient les rires et les plaisanteries qui s'échappaient du cabaret, ils distinguaient les lumières dansantes des lampions entre les arbres. Les rires, les mauvaises plaisanteries. Sauf cette nuit où ils avaient entendu un cri, un cri déchirant.

Comme il l'avait aimée ! D'un amour absolu de jeune homme qui trouvait dans l'interdit et la réprobation sociale il ne savait quel piment d'aventure. Cette jeune fille à la fois sérieuse et délurée était capable d'élans passionnés. Elle se moquait des risques qu'elle courait. Sa seule crainte était de perdre Jim et qu'il ne l'abandonne après avoir profité d'elle. Parfois, Angela le menaçait : « Si un jour tu me manques, je te tuerai. » Et elle faisait mine de l'étrangler jusqu'à ce qu'il suffoque. Son corps souple avait l'élasticité de celui d'un chat. Il recelait d'impressionnantes ressources dans la volupté. Elle semblait alors entrer en transe au point que Jim, parfois, en était effrayé. Quand elle se donnait à lui sur le matelas de sable des berges de la Molly River, il avait le sentiment d'entrer en communion avec un autre monde dominé par des forces inconnues, relié directement à la lune et aux étoiles. Ce corps si chaud aux fesses étonnamment froides, des fesses dures et rebondies comme celles d'un jeune garçon, il le pressentait, il ne pourrait plus jamais s'en passer.

Seule la toison de son sexe était crépue ; des poils plus râpeux qu'un gant de crin formaient un lacis de petits fils acérés finement tressés. Il s'y écorchait la bouche quand il embrassait son sexe dont les lèvres s'ouvraient, roses et parfumées, avec un goût de mangue mûre.

Angela n'obsédait pas seulement son corps, mais son esprit. En l'aimant, il avait le sentiment de triompher de lui-même. Enfin, il existait, il échappait aux autres, à ses parents, à ses amis, il rompait les amarres avec tous les principes de la fade sagesse qui lui avait été inculquée. Il échappait même à leur pesant amour.

# 10

Le soir, quand Jim voyait sa femme tenter de l'émoustiller en faisant devant lui la danse des sept voiles avant de le rejoindre au lit, il éprouvait un terrible sentiment d'indifférence. Comme si un mur de glace le séparait d'elle. Plus elle tentait de réveiller son désir, plus il s'éloignait d'elle. Il ne la désirait pas. Cette fille magnifique, à la fine architecture de muscles, ne lui inspirait aucun attrait sensuel. Et quand il se croyait obligé de remplir le devoir conjugal, c'était avec l'espoir d'en avoir fini le plus vite possible. La présence de Sally à ses côtés, les baisers et les mots de reconnaissance, ses caresses après l'amour l'agaçaient sans qu'il osât rien manifester. Ce qui eût été de la plus grande inélégance. Chaque soir, la perspective de rejoindre le lit conjugal l'oppressait. Il avait beau se raisonner, boire une rasade de whisky, rien n'y faisait. Il cherchait tous les prétextes pour retarder le moment fatal où il devrait la retrouver, mais Sally le guettait : elle ne dormait pas, et il lisait avec effroi dans son regard ce qu'elle attendait de lui. Plus elle le sentait froid, distant, plus elle semblait désirer son étreinte.

Pourtant, Jim aimait bien Sally. Il aurait voulu la garder près de lui, dans la maison et même dans son lit, à la condition qu'elle se tînt sage. Elle était pour lui une charmante compagne. Il était fier de se promener avec elle, d'aller à des fêtes où sa beauté et son éclat lui valaient un grand succès auprès des garçons. Il se disait que, lorsqu'elle aurait un enfant, les choses s'arrangeraient. La question épineuse du sexe se résoudrait d'elle-même : sa femme, avec un enfant, aurait un dérivatif. Après tout, beaucoup de couples devaient être dans le même cas et vivre ainsi dans la hantise du devoir conjugal. Parfois, l'idée qu'elle pourrait avoir un flirt, un flirt passager, discret, ne lui était pas désagréable. Il aurait même été jusqu'à le provoquer. C'est ainsi que, lorsqu'il avait senti que Robin Cavish avait un béguin pour elle, il ne s'était pas mis en travers de ses projets. Sans les favoriser, il les traitait comme la manifestation d'une franche camaraderie qui autorisait des sorties sans lui.

Mais, dès le soir, la pensée du lit, et du drame personnel qui y était associé, l'assaillait. C'est alors que le souvenir d'Angela s'insinuait en lui avec ses attraits violents. Il ne cherchait pas à lutter. Au contraire, il était heureux de ne penser qu'à elle, de s'enivrer de mille détails qui la lui rappelaient.

Quand il rejoignait sa chambre avec Sally, il était aussi enthousiaste qu'un condamné à mort qui doit se résoudre à passer sur la chaise électrique. Parfois, pendant l'amour, l'illusion qu'il était avec Angela lui donnait du cœur à l'ouvrage. Un peu de feu lui venait dans le corps. Son imagination stimulée enfantait des fantasmagories voluptueuses. Mais, en dépit de sa bonne volonté, quand il embrassait sa femme d'un baiser sec qu'il voulait tendre avant d'éteindre la lumière, il ne pouvait se défendre d'une froide comparaison : par rapport à Angela, le corps de sa femme n'avait aucun goût, il lui semblait aussi peu appétissant et fade qu'un steak de veau mal cuit.

## 11

Jim sortit sa vieille Ford décapotable du garage et se dirigea vers l'est comme à son habitude. Sauf qu'à une vingtaine de kilomètres il obliqua vers la droite au croisement de l'Arbre-Mort et prit la direction de Bethlehem. Dix minutes plus tard, il garait sa voiture dans une petite localité baptisée Galway par la communauté d'Irlandais qui s'y était installée. Ils avaient été rejoints, on ne sait pourquoi, par des immigrés polonais sans doute attirés par les cloches, l'odeur de l'encens, la chasuble dorée, les habits sacerdotaux chamarrés, toute chose fleurant bon l'Église apostolique et romaine. Cette paroisse était administrée par un jeune prêtre qui avait étudié la philosophie et la théologie à l'université catholique de Chicago. Il avait failli se marier avant de prononcer ses vœux. Non seulement il avait renoncé à ce mariage et choisi la prêtrise, mais, au bout d'un an, il avait donné sa démission de professeur de théologie. C'est ainsi qu'il avait atterri dans cette paroisse qui pouvait passer pour un faubourg éloigné de Bethlehem.

Le père Jérôme, c'était son nom, avait une vision assez particulière de sa mission pastorale. Il se consacrait à sa paroisse, bien sûr, mais, dès la nuit tombée, il quittait sa soutane et s'en allait en civil hanter les bouges de Bethlehem. Au début, sa présence avait surpris. On s'était méfié. Peu à peu, on l'avait accepté car on savait qu'il ne parlait pas. Une vertu cardinal dans les bas-fonds. Pourtant, Dieu sait qu'il écoutait et qu'il finissait par en savoir, des choses : tant de trafics, tant de vices florissaient à Bethlehem. La drogue, le sexe et toutes les dépravations qui les accompagnent avaient trouvé dans cette ville un accueil complaisant. La municipalité, la police en tiraient de tels profits qu'à moins qu'un scandale ne révélât trop crûment la mansuétude des élus et des fonctionnaires pour la pègre on fermait les yeux.

Cet univers trouble, le père Jérôme en avait fait le sien. Il fréquentait aussi bien les bars où se retrouvaient les prostituées occasionnelles que les maisons closes. Il en confessait certaines, leur donnait la communion, récitait les prières avec elles car beaucoup étaient croyantes. L'une d'elles espérait même recueillir assez d'argent pour se rendre un jour en pèlerinage à Saint-Pierre de Rome.

Mais ce prêtre allait plus loin encore, si loin qu'aucun sacerdoce ne pouvait lui être d'aucune aide — car, quand on a franchi certaines limites dans la compréhension de la souffrance humaine, il n'y a plus de repères, plus de boussoles, on est seul avec sa conscience. Ainsi, il lui arrivait de donner des préservatifs aux prostituées qui le lui demandaient ou, même, de les aider à trouver un médecin qui acceptât de les faire avorter.

Sa hiérarchie qui avait eu vent de son étrange apostolat était partagée sur le soutien qu'il fallait lui apporter. Dans l'attente, elle préférait ne rien voir. Il serait toujours temps de s'indigner et de sévir si les choses prenaient un mauvais tour. Le vieil évêque de Bethlehem encourageait pourtant le père Jérôme : « Vous ne tirerez de tout cela que des désagréments, des ennuis de toutes sortes et l'incompréhension, mais, vous, votre cœur, vous en sortirez élargis. » C'était le seul viatique qui lui avait été confié.

Dans l'exercice de cette mission, il avait rencontré Angela dans son bordel de Bethlehem. On lui avait raconté son histoire. Il avait hoché la tête d'un air mécontent.

Et puis, au cours d'un mariage catholique, le vieil O'Connor lui avait présenté tante Lisbeth qu'il avait trouvée bien sûr un peu ridicule avec ses chapeaux à fleurs et ses bredouillements de souris en train de ronger un morceau de fromage. Mais il avait suffi de quelques mots en aparté pour que son attitude change du tout au tout. Subitement, il avait eu un air très intéressé et avait entraîné tante Lisbeth à l'écart. Un des invités avait remarqué qu'il notait son adresse et son numéro de téléphone sur un petit carnet. Quelques-uns avaient conclu rapidement : « Ça y est, la vieille Lisbeth est prête à se convertir au papisme. Il ne lui manquait plus que ça. » Un propos qui, bien sûr, avait fait rire.

Quand Jim se retrouva face au père Jérôme dans le presbytère, il se sentit horriblement gêné. La sueur perlait à son front. Il ne savait où mettre ses mains.

Le prêtre souriait de sa gêne et tentait de le mettre à l'aise.

« Je passais dans le coin. Je me suis dit qu'il fallait que je vienne vous voir, dit Jim en se dandinant.

— C'est une excellente idée.

— C'est-à-dire... c'était surtout pour vous remercier. »

Jim s'arrêta et bredouilla : « Remercier est faible. Je voulais dire que ce que vous avez fait, eh bien, c'est quelque chose qui m'a surpris. » Il ajouta, voulant sottement forcer le compliment : « Surtout de la part d'un catholique. » Il se mordit la lèvre devant cet impair.

Le prêtre lui tapota l'épaule.

« C'est gentil de me le dire. Mais vous en auriez fait autant dans les mêmes circonstances. Je considère que c'est normal. En tout cas, ça devrait l'être.

— Je voudrais vous poser une autre question, mon père.

— Allez-y, j'ai tout le temps.

— Comment faites-vous pour croire en Dieu après tout ce que vous avez vu ? »

Le prêtre sourit et leva les bras en signe d'impuissance.

« C'est une question théologique fondamentale. Mais je vous répondrai plus simplement : il suffit d'un homme pour sauver tous les hommes. Il suffit même qu'il s'indigne. Son indignation allume une lumière qui éclaire tous les autres. Je sais que ça ne paraît pas rentable aux esprits positifs, mais je ne suis pas en concurrence avec eux de ce point de vue. Les bénéfices de ce que je fais sont incommensurables. Cela ne veut pas dire que je ne doute pas. Je doute, bien sûr, sinon je n'aurais aucun mérite. Mais, au pire de mes doutes, je me dis que l'intérêt de ma mission réside en cela : elle ne sert à rien aux yeux du plus grand nombre et c'est justement parce qu'elle ne sert à rien qu'un homme se doit de l'entreprendre. »

Jim se sentit troublé. Il ajouta :

« Je voudrais aussi vous demander…

— Demandez-moi ce que vous voudrez.

— Je voudrais vous demander… »

Jim s'interrompit puis, rapidement, en baissant les yeux, il dit : « Non, je vous le demanderai une autre fois. »

Il prit congé du père Jérôme. Il était gêné. Dans sa main gauche, il tenait une liasse de dollars qu'il voulait lui donner, mais il craignait que son geste ne parût trop grossier au prêtre. Finalement, il la garda serrée dans ses mains et en fit une obole qu'il glissa dans le tronc de saint Antoine de Padoue. Quand Jim retrouva sa vieille Ford décapotable, il se laissa tomber sur son siège en cuir aussi épuisé que s'il avait passé toute la journée à cheval.

## 12

Sur le chemin du retour, Jim arrêta sa Ford sur un terre-plein surélevé d'où l'on avait un beau panorama sur les collines, la forêt et la propriété du métis Archibald où vivait désormais Angela.

Dans cette fin de journée d'automne, une lumière dorée faisait flamboyer les couleurs fauves de la forêt. L'air était doux, un peu sucré. Jim s'était accoudé à la barrière en bois peinte en blanc et laissait errer ses pensées qui allaient dans des directions diverses. Il pensait à sa vie. S'il lui arrivait de mourir dans les prochains jours, personne — presque personne — ne saurait quelle avait été sa vraie vie. Quel lourd et fascinant secret elle contenait. Lui qui était droit, honnête, franc, comme son éducation le lui avait appris, tout dans son existence n'était que dissimulation et mensonge. Par quelle bizarrerie du destin en était-il arrivé là ? D'autres que lui avaient-ils vécu le même enfer ? Sans doute, mais on ne le saurait jamais. Ils ne lui seraient donc d'aucun secours. « Au fond, se dit-il, à ma manière, je suis comme ce prêtre. Aucun des braves paroissiens de Galway n'imagine où il passe ses nuits. »

Derrière lui, une grosse Dodge stoppa et le conducteur manifesta sa présence par des coups de klaxon. Jim se retourna et aperçut Robert Middelton-Murray qui descendait de sa voiture et venait vers lui, son chapeau de cow-boy vissé sur le crâne. Il avait toujours sa démarche d'ours, mais on sentait qu'il la contraignait pour se donner un air plus respectable. Sous son air goguenard se lisaient cependant les lents progrès de l'infatuation : il venait d'être désigné comme candidat démocrate et il était désormais promis à une belle carrière. À sa manière lente de se mouvoir, à son regard condescendant, Jim perçut les ravages du mal. Cependant, il ne put s'empêcher, contre toute raison, d'éprouver un moment de joie en retrouvant ce vieux compagnon de sa jeunesse. Ni l'un ni l'autre n'avait jamais évoqué les scandales respectifs dont ils avaient été les protagonistes. Quand il fut près de lui, dans l'éclairage de la belle lumière dorée, Jim remarqua que son visage s'était épaissi : l'alcool qui avait toujours été son point faible bouffissait ses traits, ses yeux étaient injectés de sang.

Alors commença entre eux une de ces conversations comme en ont des amis du même âge qui, après avoir été liés, ne se voient plus qu'à intervalles irréguliers sans vouloir renouer des rapports plus étroits. Ils se dévisageaient l'un l'autre comme s'ils mesuraient les avantages que l'existence leur avait distribués. Non seulement ils comparaient leur physique, le poids social qu'ils avaient acquis, mais ils scrutaient ce privilège impalpable que la vie donne à certains et refuse à d'autres : le sentiment intime du succès intérieur, ce point d'équilibre entre les aspirations et les réalisations qui apporte dans le regard la force épanouie de la confiance en soi.

Jim avait peu de choses à raconter à Robert Middelton-Murray. L'autre, tout plein de son récent succès aux primaires de Bethlehem, en avait beaucoup. Avec une satisfaction naïve, il narrait par le menu tous les stratagèmes et les expédients qu'il avait dû employer pour l'emporter sur ses concurrents. Jim, dont l'état d'esprit était dans un climat tout différent après sa conversation avec le prêtre, l'écoutait d'un air qu'il tentait de rendre intéressé. En réalité, ces joutes politiciennes locales ne le passionnaient guère. Mais quand, dans le lointain, il vit s'allumer une lumière bleue au-dessus du ranch du métis Archibald, il cessa d'écouter les propos de son interlocuteur qui se perdirent dans un brouillard de mots. Par politesse, il hochait cependant la tête de temps à autre en signe d'intelligence. Sa pensée était occupée ailleurs. Il imaginait ce qui se passait dans le ranch. Angela se préparait-elle à se rendre dans la demeure de M. O'Connor pour y donner le sein à son fils ? Que faisait le métis Archibald ? Allait-il ranger le tracteur vert dans la grange ? S'était-il retranché dans son bureau où, ayant chaussé ses petites lunettes à monture de fer, il se plongeait dans ses livres de comptes ? Peut-être compulsait-il des ouvrages dans sa bibliothèque avant le dîner ?

« Oui, conclut Robert Middelton-Murray, j'ai fait du chemin. Le seul problème, c'est que ma sœur n'est toujours pas mariée. » Cette phrase était une allusion au projet nourri autrefois par le père de Robert de la voir épouser Jim. « Je me demande même si elle se mariera un jour. Moi, il faut absolument que je me décide. On ne peut pas faire de carrière politique sans une épouse à son côté. Oui, dit-il, je vois assez bien où je vais. C'est une formidable ligne droite. » Et il accompagna ces mots d'un geste comme s'il traçait dans le vide une impeccable ligne.

Jim se demanda un instant ce que signifiait cette phrase, mais il lut dans le regard de Robert une telle détermination qu'il comprit que son ancien ami désignait ainsi un futur poste d'élu à la

Chambre des représentants, puis un poste sans doute de gouverneur de l'État... puis, qui sait ?, plus haut encore...

Instantanément, le souvenir de l'ancien scandale lui revint en mémoire. Il se demanda si cela ne constituerait pas un obstacle à ses ambitions. Mais l'autre ne semblait pas en avoir cure. Il n'avait pas tort. Être mêlé de près ou de loin au meurtre d'un nègre n'avait jamais dans cet État brisé la carrière de qui que ce soit. Fût-ce d'un homme politique. Cela n'avait jamais eu plus de conséquences pour eux que d'avoir été arrêtés par la police en état d'ivresse sur la voie publique.

Robert, qui se rengorgeait des promesses de son bel avenir, prit congé de Jim.

« Viens prendre un verre à la maison un de ces jours, cela fera plaisir à père de te revoir. »

Cette proposition était assortie d'un franc sourire électoral, le même assurément qui ne manquerait pas de le porter dans les plus brefs délais à la Chambre des représentants.

Jim le remercia avec une chaleur d'autant plus ostensible qu'il savait qu'il ne se rendrait pas à cette invitation.

« Merci, merci, Robert, ce sera avec plaisir. Moi aussi, je serai ravi de revoir ton père. »

Son ancien ami, en dépit de ses défauts, lui était sympathique. Mais était-ce lui qu'il était agréable de revoir ou ce parfum de leur jeunesse dont il était porteur ? Néanmoins, il n'avait pas envie de renouveler l'expérience. La justice avait classé cette histoire de jeune fille morte. On avait conclu au suicide. Robert était à tout jamais innocenté.

Tout cela n'était qu'un hasard, une malencontreuse coïncidence. Qu'importe, quitte à être injuste lui-même, il préférait revoir des amis à qui il n'était jamais arrivé ce genre de coïncidence.

Soudain, comme si les mêmes pensées traversaient Robert au même moment et qu'il ne voulait pas laisser son ami sur un avantage, il se retourna et lui lança avec un regard aussi franc qu'un rapport de police :

« Au fait, un bon conseil, méfie-toi du prêtre catholique, tu sais, celui du bled irlandais, il a une mauvaise réputation.

— Merci, merci du conseil », répondit vivement Jim non par manque de courage, mais plutôt parce qu'il avait appris à ne plus agir ni penser à ciel ouvert.

« Mauvaise réputation, se dit-il, quel culot, vraiment, il ne manque pas de culot. »

Il jeta un rapide coup d'œil sur la lumière bleue qui, maintenant, régnait dans la nuit presque noire. Il regagna sa voiture, alluma les phares et revint à petite allure vers Norfolk.

13

Inutile de prolonger plus longtemps le secret. Angela était toujours la maîtresse de Jim. C'était l'explication de ses randonnées à cheval dans la forêt, de ses nuits passées à la belle étoile. Il la rejoignait à la moindre occasion, lui faisait porter des messages par Lisbeth ou par le vieil apiculteur. Ils passaient ensemble des nuits fiévreuses dans une cabane au bout de la propriété. Quelles étaient ses pensées quand, après une randonnée à cheval et après voir attaché son chien, le beagle qui jappait de dépit, Jim étreignait enfin le corps d'Angela ? C'était comme s'il touchait au but de sa vie. Comme si tout son être n'avait qu'une seule et unique fin : se mêler à elle le plus profondément, le plus étroitement possible afin d'atteindre un point inatteignable, l'étoile qui seule donnait un sens à sa vie.

Mais que de cauchemars il faisait, des cauchemars éveillés en pensant à ce qu'avait été la vie d'Angela à Bethlehem dans le bordel. Cette idée lui était insupportable. Mais, depuis si longtemps, il avait accepté l'inacceptable, il s'était non pas habitué à cette souffrance, il s'y soumettait comme un épileptique finit par se résoudre à son mal. La pensée de ce qu'elle avait enduré le dévastait. Quand cette sarabande d'images ignobles cesserait-elle de le hanter ? Même la naissance de leur enfant, la petite fille aux yeux clairs, n'avait pu apaiser ses tourments ni abolir le passé. Ce passé, il était toujours présent comme un mur de feu derrière lequel grouillaient le vice, le stupre, la violence, l'innocence bafouée.

Ce qu'il ne pouvait concevoir, ce qui était inassimilable pour son esprit, c'était l'association de deux images inconciliables : la beauté, la pureté, l'innocence d'Angela et le monde crasseux, abject, vicieux où elle avait été contrainte de vivre. Comment avait-elle survécu ? Quelle force intérieure en elle, quelle conscience inaliénable de sa dignité lui avait permis de ne pas sombrer ? Si grande que fût sa reconnaissance pour son amant, plus pour son amour que pour ce qu'il avait fait pour elle, Angela lui reprochait parfois son manque d'audace, son absence de révolte. Sortant d'un de ces moments de torpeur qui la prenait, dont rien ne pouvait la distraire, elle lui disait :

« Tu n'aurais jamais dû laisser faire ça.

— Mais, Angela, que pouvais-je faire ?

— Tu pouvais venir avec ton fusil et les tuer tous.

— Mais ils étaient armés. Moi aussi, je serais mort.

— Ce que j'ai vécu, c'est pire que la mort. »

La libération d'Angela avait pourtant occupé Jim plus que tout, plus que ses études de droit, plus que son mariage, plus que sa vie. Il n'avait eu que ce seul but. Il s'en était ouvert à tante Lisbeth. C'était elle qui, grâce à son amitié pour le vieil O'Connor, avait rencontré le prêtre. Ensemble, ils avaient organisé la conspiration. Ils étaient d'accord. Il n'aurait servi à rien d'alerter des juges, la police. Leur souci à eux, ce qu'ils faisaient respecter, ce n'était pas loi, c'était l'ordre établi par les habitudes — et tant pis si ces habitudes étaient mauvaises.

« Il y a bien un moyen de la faire sortir, avait dit le prêtre, mais il faudra de l'argent. »

Avec de l'argent dans le comté de Norfolk — et ce n'est peut-être pas la particularité qui le distinguait du reste du monde —, on pouvait en effet tout résoudre. Lui seul pouvait faire des miracles.

Les conjurés avaient mis leurs moyens en commun : tante Lisbeth avait puisé dans son compte en banque la somme dont le montant avait tant inquiété son frère. Jim avait prétexté une dette de jeu que lui avait remboursée son père. Le vieil O'Connor avait accepté une somme modique en échange du fermage accordé au métis Archibald pour prix de son aide et de son silence. On pouvait faire confiance à ce forban d'Archibald. Il savait se taire. Et d'ailleurs, dans ce genre d'affaire dangereuse, un nègre qui parle est vite un nègre mort.

Le père Jérôme avait servi d'intermédiaire avec le patron du bordel. Pour l'amadouer, en plus de la grosse somme convenue, il lui avait promis de faire entrer son fils comme boursier à l'université catholique de Birmingham. Car le gros Bill avait la bizarre lubie de vouloir que son fils poursuive des études. Des études d'avocat, bien sûr. Étant donné les risques que comportait sa profession, ça pourrait toujours servir.

Depuis qu'Angela vivait dans le ranch d'Archibald, Jim n'avait cessé de lui rendre visite. Le plus possible, il évitait de voir le métis qu'il n'aimait pas. Il savait qu'il avait fréquenté le bordel de Bethlehem. Et l'idée qu'Angela passât ses soirées seule en sa compagnie lui était désagréable. Qui sait si le métis n'aurait pas la tentation de profiter de la situation ? Une fille si belle qui vivait sous son toit, avec laquelle, en plus, il était aux yeux de la loi marié en bonne et due forme !

Et l'avenir ? Et l'enfant, la petite fille aux yeux clairs ? Jim préférait ne pas y songer. Il n'avait qu'une pensée : le corps d'Angela. Après, ce qui devait arriver arriverait. On n'y pouvait rien. C'était écrit. Il gardait profondément gravé dans son esprit le principe de prédestination qui est la marque de la religion réformée. Et pourtant, rien de tout ce qui était arrivé n'était inscrit dans le grand livre où le Seigneur assigne à chacun sa destinée. Les hommes avaient agi et Dieu les avait laissé faire.

## 14

La matinée était belle. Une pluie brusque à l'aube avait ravivé les couleurs du paysage. On entendait le tintement régulier d'un marteau sur une enclume. Dans le potager, les enfants cueillaient des groseilles. Andrew et Julia se disputaient l'unique panier en osier qu'ils avaient emporté. Angela les suivait du regard. Sa fille grandissait à vue d'œil tandis que le fils de M. O'Connor ressemblait encore à un bébé joufflu. À quelques mois près, ils avaient le même âge.

Quelle paix ici ! Il ne se passait rien et pourtant chaque journée était dévorée par une foule de travaux domestiques. L'entretien du manoir de M. O'Connor, la maison d'Archibald, la surveillance des enfants requéraient sans cesse son attention. Sans compter les tracas touchant la vie du ranch : tantôt c'étaient les ouvriers saisonniers qui venaient pour les vendanges, tantôt les cowboys qui s'installaient pour capturer et marquer les jeunes veaux.

Angela pensait rarement au malheur qui l'avait frappée. Ou seulement comme à un accident. Elle y avait laissé sa jeunesse, c'est-à-dire son insouciance et sa confiance dans la vie. Mais, depuis la naissance de sa fille, son existence avait repris des couleurs. Julia était pour elle une source d'émerveillement. Elle n'aurait jamais cru qu'un enfant changerait à ce point sa façon de voir les choses. Elle avait tellement eu peur ! Son ventre n'allait-il pas enfanter un monstre, un monstre fait de toutes les humiliations et de toutes les saletés qu'elle avait subies ? Mais Julia une fois née, elle avait eu le sentiment que la part maudite de son passé s'effaçait.

Et Julia, c'était aussi une manière d'avoir Jim près d'elle. L'un et l'autre ne cessaient d'occuper ses pensées. Elle gardait pour lui cet amour adolescent total, exalté, que l'absence, loin d'atténuer, renforçait. Ne l'avait-elle pas aimé comme on rêve à une perfection inatteignable ? Quand on appartient à une famille pauvre, dans une maison humide sur la Molly River, quand on est noire, est-il possible d'être aimée un jour par un jeune homme blanc, beau, riche et tendre ? Pourtant, c'est bien ce qui lui était arrivé. Un conte de fées ! Même si le rêve avait tourné au cauchemar, Jim à aucun moment n'avait cessé de lui témoigner son amour.

Sans cet amour, sans doute n'aurait-elle jamais eu la force de supporter ces épreuves. C'est à lui qu'elle pensait quand elle se dégoûtait d'elle-même. Il était l'espoir, la lumière qui brille, l'étoile qui vous guide dans la nuit. Comment avait-il pu continuer à l'aimer ? Parfois, elle se le demandait. Et elle l'admirait pour cette passion qui n'avait jamais abdiqué, même devant l'horreur. Mais l'avenir ? Elle ne pouvait imaginer ni la vie avec lui ni sans lui. « Un jour, se disait-elle, il se lassera de moi, il y a trop d'obstacles entre nous. » Mais, devant les efforts qu'il faisait pour la voir, elle reprenait confiance. Un miracle aurait peut-être lieu. Oui, même s'il était marié, même si elle le connaissait assez pour savoir qu'il ne quitterait jamais sa femme. Épouser une Noire, jamais, elle le savait, Jim n'aurait le courage d'aller jusque-là.

Elle estimait Archibald pour son intelligence et pour sa bonté. Une bonté rugueuse, un peu bougonne. Il avait trop souffert avec sa première épouse qui l'avait quitté pour regarder une femme autrement que comme une ennemie. Désormais, sa seule vie amoureuse, c'était l'idéal auquel il se consacrait, la Cause. Celle-là au moins ne le décevrait pas. Angela admirait sa force. Alors qu'elle se sentait parfois si seule. Le soir, quand l'un et l'autre allaient se coucher chacun dans leur chambre, elle percevait un malaise. Ils étaient mariés et, pourtant, ils n'avaient jamais partagé le même lit.

Mady, la servante noire, qu'elle n'aimait pas car c'était une faiseuse d'histoires, apparut dans le potager.

« Le couturier a téléphoné pour dire que votre robe était prête.

— Merci, Mady. »

Angela, à cette nouvelle, se sentit inondée de bonheur. Un bonheur qui rachetait tout : la solitude, la souffrance. Il allait venir. Il l'aimait. Dans une heure, elle serait dans ses bras.

Elle revint avec les enfants dans la maison d'Archibald. Elle confia à Mady le soin de les faire déjeuner. Elle changea de robe, se coiffa. Bientôt, elle se dirigea vers la cabane dans le bois, suivie par le regard haineux de Mady qui l'épiait par la fenêtre de la cuisine.

## 15

« Le poulet a parlé », telle était la phrase la plus claire que tante Lisbeth discernait dans les propos décousus de Sam l'apiculteur qui était en proie à la plus vive agitation. Il s'exprimait d'ordinaire dans un sabir difficilement compréhensible et les paroles qui s'échappaient de lui, suivant un cours aussi peu rationnel que possible, faisaient penser à l'eau en ébullition qui fusait parfois du radiateur de la vieille Ford de Jim. Cette fois, on aurait pu penser que sa raison même était atteinte, si le mot de raison avait pu convenir à un homme à qui ce principe même était inconnu : il s'exprimait sous la poussée de ses émotions, de manière confuse, comme s'il cherchait à traduire le langage que lui communiquaient les forces élémentaires, la lune ou les étoiles.

C'était un drôle de zig que Sam l'apiculteur. Le

monde des Blancs, loin de l'avoir converti à son mode de pensée cartésien, l'avait ancré dans ses croyances ancestrales. Il avait des dons de marabout et pratiquait des rites hérités de l'animisme. Le gouvernement fédéral, qui avait tenté des expériences d'assimilation des minorités de couleur en créant un régiment composé des éléments les plus hétérogènes, Noirs réfractaires, Indiens, pour les rééduquer, avait avec lui subi un échec. Car, au cours de cette entreprise civilisatrice, il s'était lié avec un Iroquois qui lui avait inculqué certaines de ses croyances et l'avait initié à des pratiques magiques. L'un et l'autre avaient été renvoyés dans leur foyer pour éviter qu'ils ne contaminent leurs camarades.

Sam l'apiculteur était venu voir tante Lisbeth sous le prétexte de lui apporter des pots de miel qu'il transportait dans une carriole tirée par sa bicyclette. Sans cette raison valable, sa présence aurait été jugée malséante dans le quartier blanc.

Tante Lisbeth, pour calmer l'agitation de l'apiculteur, l'entraîna dans son atelier au fond du jardin et tenta de saisir le message qu'il essayait de lui transmettre.

« Le poulet a parlé, oui, mam'zelle Lisbeth. J'y ai visité le ridicule biliaire. L'estomacal a jeté du sang rouge comme un poivron. Le pancréatique était noir comme la peau d'un pauv'nègre. »

Suivait toute une liste des opérations que l'aruspice de Norfolk avait pratiquées sur les entrailles du malheureux poulet éviscéré vivant. Quand il eut fini de réciter sa litanie de pratiques occultes, l'apiculteur prit le bras de tante Lisbeth qu'il serra avec force — geste qu'aucun nègre de Norfolk n'eût osé tenter sur une personne de race blanche sauf en cas d'absolue nécessité —, et il s'exclama avec des yeux révulsés :

« Je vous le jure, mam'zelle Lisbeth, il va y avoir de grands malheurs à Norfolk. Je vois du sang, beaucoup de sang. Je vois des flammes, des couteaux, des pillages, des meurtres. Il y a un homme en noir qui va mourir près d'un grand arbre. Beaucoup d'hommes traités pis que les renards. »

Tante Lisbeth interrompit Sam tandis que, tel Cassandre, il égrenait les malheurs qui allaient s'abattre.

« Et Jim ? demanda-t-elle avec angoisse. Il ne lui arrivera rien ?

— Oh, mam'zelle Lisbeth, je ne peux pas le dire. Je vous en supplie, ne me le demandez pas, ayez pitié de Sam qui n'est qu'un pauv'nègre. »

# DEUXIÈME PARTIE

# 1

Comment la nouvelle arriva-t-elle à Norfolk ? Elle fut, comme les ouragans et les typhons, précédée d'une période de calme plat où l'air devient irrespirable, où le ciel pèse de tout son poids de nuages. On a l'impression que les oiseaux ont du mal à s'envoler ; la mayonnaise tourne dans la cuisine des ménagères et des soufflés pitoyables sortent du four ; un temps à faire sortir les renards de leur terrier. Personne n'aurait le courage de leur faire la chasse ni l'entrain nécessaire pour les achever. Les Noirs déjà enclins à la nonchalance bâillaient à s'en décrocher la mâchoire et s'allongeaient à l'ombre sur les nattes en raphia. Les Blancs n'avaient plus la force de faire balancer leur rocking-chair. Quant aux femmes, elles avaient mal au ventre et se sentaient nerveuses, comme à l'approche de leur indisposition mensuelle.

D'abord, une information diffuse circula.

« Il paraît qu'on parle de nous dans le journal »,

dit Joe Varush, le marchand de voitures d'occasion, à Tom Steward, le vieux journaliste local qu'il rencontra alors que celui-ci sortait, l'air gêné, d'un magasin de lingerie féminine.

« En bien, j'espère, Joe, en bien », dit-il rapidement pour couper court à la conversation.

Si Joe Varush avait voulu, en s'adressant à lui, avoir un supplément d'information, il en aurait été pour ses frais. Tom Steward était le journaliste le plus mal informé de la planète. Il apprenait les nouvelles après tout le monde et ne publiait que des informations déjà largement connues. Mais on les lisait pourtant avec appétit car elles étaient transcrites, analysées, commentées par quelqu'un du coin. On faisait crédit à Tom Steward pour censurer, amender, remettre dans un style convenable cette masse informe de nouvelles qui, toutes, avaient de bonne chance d'avoir été préalablement orientées dans le mauvais sens par la propagande yankee. Tom Steward s'acquittait de sa besogne à merveille. Ses lecteurs ne lisaient pas autre chose que ce qu'ils avaient envie de lire. Rien ne les secouait, ne les gênait. Quand ils ouvraient leur tabloïd du dimanche, à l'heure du petit déjeuner, ils ne risquaient aucune crampe d'estomac. Pas de déclaration stupidement antiségrégationniste, ni de propos relevant de cette idéologie communiste qui contaminait malgré elle la pensée yankee au point qu'elle en était infestée comme la vigne par le phylloxéra. Mais ce genre d'articles politiques, on les lisait peu. Ce qui intéressait surtout, ici — et on s'y précipitait en ouvrant le journal —, c'était le nombre de renards tués dans la région et par qui.

Justement, puisque nous parlons de renards…

Quand Tom Steward entendit l'interpellation du marchand de voitures d'occasion, il pensa immédiatement à Robin Cavish qui devait traiter ce sujet dans son journal de Chicago. Le vieil homme éprouva aussitôt une sensation désagréable : celle d'un vieux barbon qui voit un blanc-bec faire les yeux doux à la jeune maîtresse qu'il adore. Car un article venant d'un homme qui avait eu autant de succès dans la ville, publié dans un journal à grand tirage de Chicago, qui plus est sur la question qui passionnait ici plus que tout, ça allait incontestablement faire du bruit. Quelle torture ce serait, en plus, pour lui, de commenter la prose de ce jeune arriviste. On en parlerait pendant des semaines. Et peut-être même des mois, étant donné les proportions que prenait cette monomanie de la chasse au renard.

Tom Steward — comme d'habitude — ne se trompait qu'à moitié. Son flair de vieux limier restait intact. « Ça allait faire du bruit. » Un bruit de mille tonnerres, un bruit comme on n'en avait pas connu à Norfolk depuis le 1$^{er}$ janvier 1863 quand Abraham Lincoln avait solennellement décrété l'abolition de l'esclavage. À cette date anniversaire d'ailleurs — sans avoir le mauvais esprit de se livrer à des manifestations protestataires —, chacun avait soin d'arborer à son veston un ruban de soie blanche en signe de deuil.

Quand, enfin, le *Chicago Star* arriva chez le marchand de journaux, on se l'arracha. Il fallut en commander des exemplaires supplémentaires. Mais, au lieu de l'article sur les renards tant attendu, un titre du plus mauvais aloi barrait la une : *Les jeunes filles noires assassinées de Norfolk*. On aurait annoncé que les anges du Ciel et leur trompette sonnaient l'apocalypse, on n'eût pas été plus saisi par l'émotion. La consternation se peignit sur les visages. Chacun prit le journal et rentra chez soi pour cuver sa fureur et sa honte.

L'article de Robin Cavish révélait une chose qu'on détestait à Norfolk : la vérité, du moins celle concernant les Noirs. Pour les habitants de la ville, il s'agissait d'une affaire privée qui ne regardait pas les étrangers au comté. « Qu'est-ce que les gens d'ailleurs peuvent comprendre à nos problèmes ? » était une litanie devant laquelle nul ne songeait à protester.

L'enquête de Robin Cavish, remarquablement informé, relatait tous les crimes qui avaient eu pour victimes des jeunes filles noires depuis dix ans. Il y avait sept cas. Mais l'affaire qui était au centre de l'article était celle qui concernait Robert Middelton-Murray. La notabilité et l'importance de sa famille, le fait qu'il avait été lui-même retenu aux primaires comme candidat donnaient un sel supplémentaire à cette information. Le journaliste publiait des extraits du dossier d'instruction, le rapport du policier, celui du juge. Le morceau de bravoure résidait dans les conclusions des deux experts qui avaient tout tenté pour faire apparaître la mort de la jeune fille comme volontaire et ses blessures comme accidentelles. Mais les experts dans leur zèle à vouloir trop bien faire montraient leur partialité et, même, si on n'était pas aveugle ou résident de Norfolk, leur malhonnêteté.

## 2

Quand on est frappé par un deuil douloureux — c'était le cas à Norfolk —, il arrive qu'on réagisse en s'intéressant malgré soi à des détails secondaires, voire futiles, qui permettent ainsi à l'esprit de se détacher de l'obsession de la souffrance. Par exemple, une jolie jeune fille au cinquième rang à la messe d'enterrement nous fait songer à une fiancée qu'on n'a pas épousée ; le chapeau de deuil d'une vieille excentrique vous rappelle la tante à héritage qu'on avait pourtant dorlotée dans ses vieux jours et dont la fortune vous est passée sous le nez au profit d'un neveu qui n'avait jamais pris la peine de lui apporter des chocolats pour les vœux de nouvel an.

Il en fut de même à Norfolk, le jour où les habitants s'en étaient allés cacher leur honte dans la pénombre de leur logis — ils étaient d'autant plus meurtris qu'ils n'avaient attendu que du bonheur de la visite du journaliste, un bonheur quasi mystique à l'idée qu'on parlait de Norfolk dans le plus grand journal de Chicago. Ils se récitaient à eux-mêmes les paroles d'Ézéchiel : « Vous avez voulu la joie, il ne vous est venu que l'amertume et la ruine » (Psaumes, IV, 2).

Cette diversion, si douce dans l'adversité, survint grâce à la vigilance de Tom Steward. Dès réception du journal — on ne l'appelait plus que le « torchon yankee » —, il l'avait lu armé de ses lunettes à double foyer dans l'éclairage de sa lumière verte avec toute l'attention dont il était capable. Aussitôt des erreurs essentielles lui avaient sauté aux yeux, des erreurs qu'aucun habitant de Norfolk, dans une lecture pleine de fureur rouge, n'avait remarquées. On y lisait des contrevérités qui auraient définitivement discrédité un folliculaire stagiaire. Par exemple, que la Molly River était un affluent du Mississippi, que la famille Middelton-Murray devait sa fortune à la découverte d'un puits de pétrole alors que tout le monde savait ici qu'elle s'était enrichie dans le commerce du bétail ; que la Molly River, encore elle, permettait de fructueuses pêches au saumon — alors qu'on y avait pêché le dernier saumon il y a plus de trente ans. D'autres énormités et billevesées du même acabit montraient le peu de sérieux avec lequel le journaliste avait mené son enquête, tout infestée de l'esprit yankee, communiste ou catholique, ce qui, par bien des aspects, revenait au même.

Aussi heureux de cette découverte que s'il venait de recevoir le prix Pulitzer, le vieux journaliste encadra soigneusement les erreurs à l'encre verte et se précipita au café Le Tomahawk où quelques joueurs de cartes, atterrés par la nouvelle, jetaient leurs cartons sur un tapis du geste las de qui vient de rédiger ses dernières volontés.

On imagine le succès que remporta Tom Steward. L'annonce de Jérusalem délivrée par les croisés de ses infâmes infidèles avait soulevé moins d'enthousiasme dans la chrétienté. La nouvelle se répandit aussitôt dans toute la ville dont les habitants se sentirent en quelques heures tout ragaillardis. Néanmoins, Norfolk demeura étrangement calme. Les Noirs qui s'y risquaient saluaient ostensiblement les Blancs qu'ils rencontraient avec un sourire contrit comme s'ils voulaient exprimer qu'ils partageaient leur souffrance. Ceux-ci leur rendaient leur salut — ce qui, dans des circonstances ordinaires, n'était pas toujours le cas — en prononçant leur nom de manière appuyée, « Bonjour, Tom », « Bonjour, Jeremiah », « Bonjour, Moïse », comme s'ils avaient à cœur de leur montrer qu'ils avaient bien reçu leur message de sympathie et qu'ils ne les tenaient pas pour responsables de la calamité qui était tombée sur la ville. Sous cette politesse formelle, ils ne pouvaient cependant s'ôter tout à fait de l'esprit que, sans l'existence de ces nègres, il n'y aurait jamais eu d'affaires et que leur honneur fût demeuré aussi intact que la virginité des jeunes épouses qui plaisaient tant au roi David.

Dans le quartier noir où il y avait toujours un peu de tapage, c'était le silence. Pourtant, d'ordinaire on chantait pour un oui ou pour un non ; on se hélait d'un bout à l'autre des rues ; on y entendait ces rires si caractéristiques et presque inextinguibles. Même les lavandières étaient silencieuses. Les grosses matrones, leur bébé sur le dos, jetaient rageusement leur linge sur les rochers de la Molly River sans un mot, comme si elles étaient devenues subitement les héroïnes d'un film muet.

Le soir, au cabaret, les lampions s'allumaient. Mais on n'entendait pas de musique. Aucun fêtard ne s'y risquait. Seules les eaux du fleuve continuaient de couler, imperturbablement, comme si de rien n'était. Les brochets et les tanches guettaient en vain les appétissants vomissements que les joyeux drilles, pris de boisson, dégorgeaient en abondance par-dessus la balustrade blanche, et qui faisaient leur régal.

3

« Quel foutu bâtard de journaliste catholique » : tel fut le commentaire de Middelton-Murray père après avoir lu et jeté rageusement sur le sol le « torchon yankee ». La colère brisant la fragile couche d'honorabilité fraîchement acquise faisait remonter en lui le vocabulaire rustaud de son propre père, en effet vacher et non prospecteur de pétrole, comme l'avait écrit avec négligence Robin Cavish. Toutes les éventualités se présentèrent à son esprit. Il dut faire un effort douloureux pour chasser l'image complaisante qu'il se faisait de Robert, son fils, élu à la présidence des États-Unis, et la remplacer par celle de ce même fils, promis au plus bel avenir, derrière les barreaux de la geôle de Sing-Sing. C'était une perte sèche en matière d'illusion.

Se ressaisissant aussitôt, il décida de réunir le conseil de famille, ce qu'il ne faisait que pour les grandes occasions. Le téléphone et le télégraphe furent mobilisés. Le lendemain après-midi, il accueillit dans sa somptueuse propriété une dizaine de parents proches, des hommes uniquement, qu'il convia dans son bureau décoré de têtes de bisons naturalisées et de divers trophées de bêtes à cornes. Pour plus de sûreté, il en ferma la porte à clé. Il avait pensé inviter à ce conseil de famille son vieil ami, le juge Nathan Parker, qui lui devait tant. Il pouvait en espérer une oreille compréhensive et d'excellents arguments. Mais il décida prudemment de remettre à plus tard cet entretien avec l'homme de loi. Il fallait parer au plus pressé.

Quelle fut la teneur de ce conseil de famille ? Quels propos furent échangés en présence de Robert Middelton-Murray dont le journal révélait à nouveau les turpitudes ? Seules les têtes de bison, avec leurs yeux de verre, qui en furent témoins, auraient pu le dire.

Trois heures plus tard, quand, enfin, le maître de maison déverrouilla la porte de son bureau et que les membres du conseil de famille sortirent dans une épaisse fumée de cigares, on entendit Orson, un bon gars jovial qui avait la haute main sur les entreprises de camions de Bethlehem, féliciter son cousin avec lequel il s'attardait. Il lui dit en lui tapant sur l'épaule :

« Mon vieux Joe, ça, c'est vraiment une idée épatante. Il n'y a vraiment que toi qui pouvais inventer un truc pareil. »

Aussitôt les voitures démarrèrent, faisant crisser les gravillons de la cour d'honneur, et tout le monde se dispersa. De ce jour, on put assister à ce spectacle tout à fait étonnant qu'offrirent les membres du clan Middelton-Murray dès qu'on leur parlait du scandale : loin de prendre un air penaud ou offusqué, ils éclataient d'un grand rire. Ou se tapaient sur les cuisses en s'exclamant : « Tout cela, c'est de la blague, un tissu de mensonges. Une invention des Yankees et des catholiques pour empêcher l'élection de Robert et briser sa carrière. C'est tellement gros. Mais, après tout, c'est la vie. Qui croira à ces sornettes ? Tout ça, c'est de la politique qui n'a pour but que de déshonorer le comté de Norfolk et d'empêcher le vertueux Robert de remettre de l'ordre et un peu d'intégrité dans cette région menacée par le sale esprit du Nord. »

Les habitants de Norfolk respirèrent, soulagés. Certains avaient failli croire qu'il y avait quand même un fond de vérité dans l'enquête du *Chicago Star*.

4

Le soir tombait dans une atmosphère de touffeur humide. Le tonnerre grondait encore. De la terre mouillée montait l'odeur du foin coupé qui se mêlait au parfum des mandariniers. Dans la maison en bois, on commençait à allumer les lampes à pétrole. Comme chaque soir, Angela allait faire dîner les enfants dans le manoir de M. O'Connor. Ensuite, elle tiendrait compagnie au vieil Irlandais qui supportait de moins en moins la solitude. Le métis Archibald s'installa devant sa table de travail et ajusta la lampe à pétrole qui fumait. Il déplia devant lui le *Chicago Star* qu'un de ses commis venait de lui rapporter de Norfolk. Après avoir chaussé ses petites lunettes cerclées de fer qui lui donnaient l'air d'un professeur, il se mit à lire l'article. Il cochait avec un crayon les passages les plus significatifs. Il le lut une première fois, puis le relut plus lentement. Il replia le journal, rangea ses lunettes et alla s'asseoir dans un fauteuil défoncé face à la cheminée en bois qu'encadraient les rayons de la bibliothèque.

Il réfléchissait dans la pénombre, observant la belle lumière verte de la lampe en opaline. Que signifiait cet article ? Qui l'avait inspiré ? Dans quel but ? Quelles en seraient les conséquences ? Toutes ces questions se bousculaient, mais il s'appliquait à les trier et à tenter d'y apporter une réponse sans passion. Il se méfiait de son impulsivité et travaillait à la brider. Il ne pouvait pas se permettre ces réactions à fleur de peau qui font commettre tant de bêtises. Il fallait analyser la situation avec un regard froid. C'est ainsi qu'il aurait le plus de chance de combattre l'ennemi. Sans doute ne le vaincrait-il jamais car il ne mésestimait pas sa puissance. Mais au moins il éviterait de tomber dans les pièges que celui-ci lui tendrait. Il était conscient de livrer un combat long, incertain, ingrat, dont il ne recueillerait probablement jamais les fruits. Cela ne l'arrêtait pas. L'important, c'était de croire à ce combat et de ne pas céder à la peur.

Sa pensée au fil des années s'était militarisée. Il intégrait chaque information — et cet article en était une de première grandeur — dans une stratégie guerrière. Toute son existence était tendue vers ce plan de bataille. Il ne considérait ses fonctions de métayer que comme un gagne-pain. Autodidacte, il avait lu les œuvres de Lénine, de Mussolini, de George Washington et en avait tiré un riche enseignement. C'était par la force, par la guerre qu'il atteindrait le but qu'il s'était fixé.

Dans son adolescence, il avait cru au pacifisme. Il s'était enthousiasmé pour la doctrine de la non-violence de Gandhi. Mais il avait vite déchanté. La répression sanglante qui avait suivi les émeutes de La Nouvelle-Orléans avait dessillé ses yeux. Ce qui convenait à l'Inde ne pouvait avoir cours en Amérique. La paix y était inconnue. Il s'était souvenu des paroles de son père, ouvrier agricole dans les plantations de cannes à sucre en Floride : « L'Amérique, c'est le pays de la violence. Il n'a jamais existé que par elle, par la spoliation, le meurtre, l'asservissement, le vol. »

À quoi bon tendre la joue gauche à des hommes qui ne vous considèrent pas comme faisant partie de la race humaine ? À rien ! À mourir. Mourir, si cela pouvait faire avancer la cause, il l'acceptait. Mais pas mourir pour rien. Il ne leur ferait pas ce cadeau. Il connaissait le grand point faible de son adversaire, car il en avait un : la loi. La loi était partout afin de n'être nulle part. Toute la législation des États du Sud contredisait la loi fédérale et la Constitution. Une duplicité qui ne gênait personne. Cette contradiction, c'était la faille qui permettrait d'abattre le système. La législation grandiloquente, les textes iniques sous leur perfide solennité ne visaient qu'à maintenir un ordre injuste et à rattraper en sous-main les profits perdus par la suppression de l'esclavage.

L'article du *Chicago Star* servait ses vues. Tout ce qui révélait l'injustice du pouvoir blanc aidait à sortir la communauté noire de son apathie et de son fatalisme. Mais, pour d'autres raisons, cet article l'inquiétait. Non pour lui-même — il avait cessé depuis longtemps d'avoir peur —, mais pour Angela.

Il avait pour elle — du moins il l'avait cru longtemps — les sentiments d'un père. Depuis deux ans qu'elle vivait à ses côtés, il avait appris à l'aimer. Cette affection n'était pas exempte de jalousie. Il ne parvenait pas à démêler ce qui l'exaspérait le plus dans les rapports d'Angela et de Jim : était-ce de voir Angela s'enfermer dans une relation amoureuse sans issue ? Était-ce cet éternel pouvoir qu'exerçaient les hommes blancs sur les femmes noires ? Ou simplement un réflexe d'homme jaloux de voir une femme qui lui plaisait appartenir à un autre ?

Il entendit Angela qui rentrait avec Julia, sa petite fille. Archibald rangea le *Chicago Star* dans le tiroir de la table. Il ne servait à rien de l'inquiéter. Demain, il lui en parlerait. Il trouverait les mots pour la rassurer.

Il lui restait encore un peu de temps avant le dîner. Il se dirigea vers la bibliothèque et prit *La Jungle*, un livre d'Upton Sinclair. Il en avait besoin pour nourrir l'exposé qu'il préparait pour la loge Montesquieu où il venait d'être admis.

## 5

Jim regardait passer l'orage sans plaisir. Il se souvint de sa conversation avec Robert Middelton-Murray, quelques jours plus tôt. La confiance en soi et l'infatuation de son ancien ami avaient dû en prendre un sérieux coup. Obscurément, cette nouvelle ne lui paraissait pas de bon augure. Même si elle satisfaisait en lui l'esprit de justice plus fort que son patriotisme local, il n'ignorait pas qu'elle risquait de réveiller l'autre scandale, celui dont il avait été le protagoniste. Remuer toute cette boue pourrait avoir pour conséquence de mettre en péril ce qui était son seul but : voir Angela, l'aimer, étreindre son corps jusqu'à l'épuisement de ses forces et de sa vie. Son bonheur lui importait plus que la révélation de la vérité concernant l'assassinat de la jeune fille noire.

La duplicité de Robin Cavish l'amusa plus qu'elle ne le choqua. Il avait bien caché son jeu. Mais, après tout, dans ce domaine, il n'avait de leçon à donner à personne. Toute son existence se passait dans le mensonge et la dissimulation *pour la bonne cause*, celle de son amour. Il fit aussitôt son examen de conscience : n'avait-il pas trop parlé à Robin au cours de leurs parties de pêche à la truite sur les berges de la Molly River ? Leurs relations étroites n'allaient-elles pas donner lieu à des soupçons à son encontre ? Qu'allait-il se passer ? Une nouvelle enquête aurait-elle lieu ? Qui sait, un procès ? Il était partagé entre son désir de voir la vérité éclater et la crainte que tout cela ne rejaillisse sur le fragile édifice de sa liaison secrète avec Angela. Il était à la merci de tant d'indiscrétions. Il n'avait qu'une confiance limitée dans le métis Archibald. Et le gros Bill, le patron du bordel de Bethlehem ? Tant de gens plus ou moins bien attentionnés avaient barre sur lui. Mais, après avoir dressé l'inquiétante liste de tous ceux qui pouvaient, d'une manière ou d'une autre, ruiner son bonheur, il décida de profiter de l'instant présent. Il sella son cheval, prit son fusil, appela son beagle et prit la route de l'est.

Il retrouva Angela dans la cabane. Il la prévenait toujours de son arrivée. S'il ne pouvait la joindre elle-même, il laissait un message énigmatique à la gouvernante noire en se faisant passer pour le patron d'une boutique de mode de Bethlehem :

« Dites à Mme Angela que sa robe est prête. »

Ils firent l'amour avec frénésie. Jim était si pressé de l'étreindre qu'il lui parlait à peine avant de la dévêtir et d'explorer son corps avec tendresse. Devant son sexe râpeux qui lui écorchait les lèvres, il éprouvait une émotion sacrée. Près d'elle, plus rien n'existait. Norfolk, ses commérages et ses injustices s'évanouissaient. Il oubliait le lourd climat de mésentente conjugale qui s'était installé chez lui. Il lui semblait avoir abordé une île féerique où tout était léger, gracieux et où son être vrai, dépouillé de mensonges, évoluait dans la lumière d'une vérité libre et spontanée qu'il n'avait connue que dans l'enfance.

Comme il était allongé sur le matelas posé à même le sol, plongé dans ses pensées, Angela se leva. Il admira son long corps nu aux fesses rebondies de garçonnet. « Quelle beauté animale », pensa-t-il, mais il fut mécontent de cette expression, même employée pour lui-même. Il l'enfermait dans le stéréotype dans lequel on classait les Noirs. Pourtant, c'est vrai, elle possédait cette beauté tout en muscles et en grâce naturelle qui n'appartient plus aux hommes ni aux femmes que la civilisation a engraissés, mutilés. Ils n'ont plus cette aisance dans leur nudité. On dirait qu'une forme de honte a tourné en graisse et enlaidi leurs corps. Angela se dirigea à l'autre bout de la cabane et s'accroupit sans la moindre gêne sur un seau en fer : il entendit le gazouillis sonore qui résonnait sur les parois du seau. Il ne put s'empêcher de comparer l'attendrissement qu'il éprouvait à voir Angela accomplir un besoin naturel avec l'agacement et le haut-le-cœur qu'il ressentait avec Sally quand celle-ci s'isolait dans leur cabinet de toilettes dont elle avait l'habitude de laisser la porte entrouverte.

Quand elle revint près de lui, Jim la serra dans ses bras. Comme il l'aimait, comme elle lui était indispensable ! Il s'assoupit et fit un cauchemar. Quand il s'éveilla, il ne put s'empêcher d'évoquer la terrible épreuve qu'elle avait subie. Il y pensait sans cesse. Mais il n'avait jamais osé aborder ce sujet avec elle. Angela n'y avait fait allusion qu'une seule fois depuis qu'ils s'étaient retrouvés.

« Tu as dû être tellement malheureuse là-bas. Quand j'y repense, j'ai l'impression que ma tête va éclater. »

Elle sembla ne pas avoir entendu ses paroles. Puis, comme si elle se parlait à elle-même, elle murmura :

« Au fond de la bassesse, on ne peut descendre plus bas. Il y a là comme un repos. On a cassé ma dignité. Alors tout m'était égal. Je pouvais faire tout ce qu'on me demandait, même le pire. Car le pire n'est qu'une idée. Quand on le vit, on y trouve même parfois une satisfaction : la satisfaction qu'on devait avoir dans l'esclavage de ne plus avoir peur du regard des autres et de pouvoir insulter Dieu sans qu'il ose vous punir. »

Ensuite seulement, il parla du scandale.

« Je sais, dit-elle, Archibald m'a tout raconté.

— Et qu'en dit-il ? demanda Jim en tentant de dissimuler son agacement.

— Il dit que c'est grave et que personne n'en sortira indemne.

— Il est toujours pessimiste.

— Oui, dit-elle. Comme tous les nègres. Nous avons appris à nous attendre au pire. Et il arrive toujours. »

# 6

En haut lieu, à Washington, on prit très au sérieux l'affaire évoquée par le *Chicago Star*. Les élections allaient avoir lieu et il fallait tout faire pour donner à la communauté noire, dont le vote était important, le sentiment qu'elle était ardemment défendue par ses élus, que l'État de droit n'avait pas été bafoué. On se moquait un peu du résultat : il y avait tant d'autres cas plus graves qui étaient connus de la police fédérale, mais sur lesquels aucun Robin Cavish n'avait eu la mauvaise idée d'alerter l'opinion publique.

L'attorney général diligenta une enquête à Bethlehem. Deux policiers du FBI reçurent pour mission de faire leur possible pour éclaircir cette affaire dans les limites où la vérité n'était pas susceptible de nuire à l'ordre public, ni d'avoir un effet catastrophique sur le résultat des élections. Mission délicate.

Les enquêteurs du FBI, un Blanc et un Noir pour que les apparences de l'équité fussent respectées, étaient deux malabars à la figure peu avenante. Pas le genre à plaisanter. Sous leur montagne de muscles, ils semblaient mus par une détermination froide qu'aucun obstacle n'arrêterait. Ils avaient d'ailleurs été choisis pour donner cette impression. Car, au fond, c'était de braves garçons qui voulaient avoir le moins d'ennuis possible et faire une gentille petite carrière. Le Blanc, John, savait résister aux pressions de sa hiérarchie car il avait du caractère et avait compris que, pour avancer dans ce fichu métier, il fallait se faire respecter de ses chefs. Le Noir, Elton Bollington, était plus malléable. Il avait un caractère de pâte à modeler. Comme Noir, il souffrait d'un complexe d'infériorité vis-à-vis de ses camarades aussi blancs de peau que leur chemise, et il était éperdu de reconnaissance d'avoir été choisi, lui, un nègre, dans ce corps d'élite. Il vénérait ses chefs, ne discutait aucun ordre et appliquait scrupuleusement les consignes. Il avait en permanence en tête le conseil que lui avait donné son chef direct quand il avait été élevé au grade de sergent : « Attention, Bollington, maintenant, il faut éviter deux écueils : la partialité, vous voyez ce que je veux dire ?, et puis n'oubliez jamais de replacer les choses dans leur contexte. » Si cette docilité n'avait pas suffi, son chef avait un autre moyen d'avoir barre sur lui : Bollington rêvait d'être muté en Floride où il avait une maison et où sa vieille mère habitait avec sa sœur. Il savait que l'ordre de mutation était sous le coude de son chef de service. Encore une raison de se tenir à carreau.

Les deux enquêteurs du FBI furent accueillis, tant à Bethlehem qu'à Norfolk, avec autant de chaleur que les soldats d'Hérode chargés d'exterminer tous les nouveau-nés mâles de Judée. C'est à peine si on acceptait de leur servir un verre d'eau au Tomahawk. Les gens qu'ils souhaitaient interroger tombaient subitement malades ou étaient requis d'urgence pour leurs affaires à l'autre bout du comté. Robert Middelton-Murray fut frappé d'une opportune crise d'appendicite qui nécessita son hospitalisation. Le médecin de la clinique refusa l'entrée de son établissement aux enquêteurs sous prétexte que l'état de son patient s'était aggravé, qu'il avait une forte fièvre et qu'il risquait d'être emporté par une péritonite.

Les inspecteurs n'insistèrent pas. Dans la voiture, John tapa sur l'épaule de Bollington qui conduisait.

« Dis donc, tu nous vois responsables de l'inculpation d'un futur sénateur ! Ta mutation en Floride, tu pourrais te la carrer où je pense. C'est pas dans un hamac que tu seras, mais sur la banquise en Alaska, à te faire geler les roubignoles. »

À Norfolk, quatre personnes seulement furent en état de les recevoir — leur nom figura sans autres commentaires, dès le lendemain de leur audition, dans la gazette de Tom Steward. Parmi eux, il y avait Jim. N'avait-il pas été ce fameux soir sur les bords de la Molly River en charmante compagnie ? Moins par désir de charger quiconque que mû par un réflexe de sauvegarde — quelqu'un aurait pu lui mettre le crime sur le dos —, il dit le peu qu'il savait aux enquêteurs.

Ils s'en retournèrent à Bethlehem avec leur maigre butin qu'ils remirent solennellement à l'attorney fédéral. Celui-ci n'était autre que le juge Nathan Parker qui avait été autrefois en charge de l'affaire et était monté en grade. Il chaussa ses lunettes et lut la déposition de Jim.

« À la question : "Étiez-vous présent le soir du supposé meurtre sur la Molly River et y avez-vous remarqué quelque chose de suspect ?", le dénommé Jim Gordon nous a répondu : "Oui, j'étais ce soir-là sur les bords de la Molly River où je prenais l'air.

J'ai entendu un cri de femme, puis un autre cri qui semblait provenir de la même femme, mais moins violent, comme si on cherchait à la bâillonner." "Étiez-vous seul ce soir-là ?" La réponse est "non".

« À la demande : "Avec qui étiez-vous ?", le susnommé a répondu qu'il "avait eu de nombreux flirts avec des jeunes filles noires et qu'il ne se souvenait pas de celle qui était avec lui en conversation galante sur les berges de la Molly River".

« À la question : "Avez-vous remarqué des traces de griffures sur le visage de Robert Middelton-Murray ?", Jim Gordon a répondu qu'en effet il avait, comme tout le monde, constaté que le visage de Robert Middelton-Murray portait ces traces, mais que, lui ayant posé des questions sur leur origine, celui-ci lui avait répondu qu'il était tombé dans un buisson d'épineux au cours d'une chasse au renard. Explication qui lui avait paru tout à fait plausible étant donné le goût prononcé de celui-ci pour ce sport. »

Les enquêteurs s'étaient révélés particulièrement hautains et cassants avec Jim et avec les autres Blancs qu'ils avaient interrogés. Pas au point cependant d'avoir l'indiscrétion d'insister pour lui demander le nom de la jeune fille avec laquelle il se trouvait le fameux soir. Avec les Noirs, en revanche, ils avaient montré une grande délicatesse. Ils les écoutaient en hochant la tête comme pour acquiescer à chacun de leurs propos. Avec les parents de la jeune fille morte, ils firent preuve de tact. Bollington prêta son mouchoir à la mère et lui-même, au dire de ceux qui avaient assisté à la scène, semblait profondément ému.

Pour les parents, cette attitude des pouvoirs publics contrastait avec le silence qui avait suivi le meurtre de leur fille car, pour eux, il ne pouvait s'agir en aucun cas d'un suicide. Ils n'avaient reçu, en réponse à leur plainte, que des avanies : certains policiers avaient même insinué que leur fille avait l'habitude d'aguicher les garçons et qu'il ne fallait donc pas trop se plaindre quand ce genre de malheur arrivait.

Dans le quartier noir, après leur départ, on ne tarissait pas d'éloges sur la probité du FBI, l'indépendance de la justice fédérale américaine et les grands principes de ce puissant pays qui avait fait l'honneur à leurs grands-parents de les garder en esclavage.

Il ne fit pas de doute, dans la communauté noire de Norfolk, qu'avec la détermination manifestée par les deux chics gars du FBI la procédure allait immanquablement être rouverte et le coupable enfin châtié. On fut heureux de ce bonheur à venir que représentait cette promesse de justice, espoir insensé dans le cœur des hommes. On pouvait même se demander si les Noirs seraient aussi heureux le jour où le verdict tomberait condamnant le coupable à être grillé sur la chaise électrique. Cette joie, c'était bien ce qu'on avait escompté en haut lieu. On avait donné de l'espérance aux Noirs et on avait feint de taper sur les doigts des Blancs. N'était-ce pas cela la meilleure justice : donner l'espoir qu'elle existe sans avoir les inconvénients de la rendre ?

Étouffer l'affaire ? Il n'en était pas question. Il fallait laisser les passions s'apaiser. Les blessures se cicatriseraient. L'oubli ferait son œuvre salutaire. Mais il y avait cette satanée déclaration de Jim qui, Dieu sait pourquoi, prétendait avoir entendu des cris.

## 7

Cette déclaration de Jim au FBI, l'attorney fédéral avait beau la lire et la relire, il ne parvenait pas à l'effacer. Elle était là. On ne pouvait ni la remettre dans le gosier de Jim, ni empêcher le rapport qui la contenait d'arriver à la direction du FBI de Washington. Pas moyen de supprimer cette pièce du dossier. Bien sûr, si cette affaire n'avait pas eu autant de retentissement dans l'opinion, s'il n'y avait pas eu une question au Sénat, on aurait peut-être pu envisager... Non, avec les journalistes en quête de scandales, ce n'était plus possible. Alors !

Ce qui inquiétait le plus l'attorney fédéral Nathan Parker, ce n'était pas tant les dégâts qu'un nouveau procès risquait de faire dans la famille Middelton-Murray — finie, la carrière politique du fils, et le déshonneur pour le père — que sa propre implication dans ce désastre. N'était-ce pas lui qui, cinq ans plus tôt, quand il avait eu la charge de surveiller l'enquête, avait décidé de classer l'affaire ? Les rapports tronqués, les expertises bâclées, tout cela n'était pas grave tant qu'on restait entre soi, à l'échelon du comté, mais, devant les juges de la Cour suprême, ces irrégularités risquaient d'être sévèrement sanctionnées.

Le juge n'aurait jamais pu imaginer qu'il serait rattrapé dans le bonheur d'une fin de carrière exemplaire par cette sale petite affaire. C'était son poste d'attorney fédéral qu'il jouait. Si les choses tournaient mal, il pourrait être obligé de partir et d'aller se faire élire dans la banlieue de Chicago. Il avait fait son trou ici. Sa carrière s'était déroulée dans ce comté où il avait conquis une influence considérable et des amis importants, comme les Middelton-Murray. Il aimait être invité à la chasse à la perdrix ainsi qu'à ces lunches où on dégustait des côtes de bœuf cuites au feu de bois, provenant de l'élevage privé de Middelton-Murray.

Le juge avait une autre raison de ne pas vouloir partir : sa femme. Celle-ci avait eu un grave accident de la circulation. Renversée par un chauffard et traînée sur plusieurs mètres, elle était restée paralysée. C'est lui qui, chaque soir, la promenait dans le jardin de la belle maison à laquelle sa prestigieuse fonction lui donnait droit. Elle respirait un bon air, la campagne était à deux pas. Il avait fait aménager sa voiture afin de pouvoir y installer sa chaise roulante. Souvent, il l'emmenait sur la route de Norfolk où ils évoquaient tant de joyeux souvenirs de leur jeunesse : quand ils allaient se baigner dans le lac ou y faire des régates. En la poussant sur les chemins peu fréquentés, il lui montrait les nouveaux ranches, les beaux panoramas qu'on avait des collines en observant Norfolk où ils avaient vécu. La perspective de voir sa carrière brisée et l'idée de la savoir malheureuse dans une banlieue de Chicago décidèrent le juge de tout faire pour sortir de ce mauvais pas. Il fallait à tout prix trouver un moyen d'arrêter l'enquête fédérale. Il fallait éviter un nouveau procès.

Il passa plusieurs soirées à compulser des ouvrages de procédure pénale et de jurisprudence. Il n'avait pas le sentiment, en agissant ainsi, de se conduire de manière malhonnête. Il ne voyait pas du tout les choses ainsi. Il avait perdu depuis belle lurette — si tant est qu'il l'ait jamais eu — tout idéalisme concernant la fonction qu'il exerçait. Il faut admettre qu'il la remplissait à la satisfaction de tous — seuls quelques cadavres sans sépulture judiciaire, comme la jeune fille noire de la Molly River, auraient pu y trouver à redire.

Pour lui, la justice ne consistait pas à satisfaire un sentiment plus ou moins subjectif. Elle avait pour but de maintenir l'ordre social dans le meilleur état possible, sans crise, sans convulsion. Certes, il fallait appliquer la loi, châtier les coupables quand on les trouvait — ou châtier ceux qui en avaient l'air car, dans ce domaine, il estimait qu'une mauvaise décision de justice valait mieux que le flou, le vague, le sentiment d'inachevé que laissent la relaxe et l'acquittement. Cela donne la fâcheuse impression que les juges n'ont pas fait leur travail et sont impuissants à sévir. Car, si sentimental et affectueux qu'il se montrât avec son épouse, le juge n'éprouvait rien vis-à-vis des hommes et des femmes dont le destin dépendait de lui, de sa fonction. Il les regardait comme un botaniste observe des plantes, un entomologiste des insectes, plus intéressés par leurs comportements, leurs variétés, leurs mœurs que par cette question absurde concernant les végétaux et les insectes : est-ce qu'ils souffrent ? Cette question touchant les personnes qui tombaient sous sa juridiction lui aurait semblé aussi incongrue que s'il se l'était posée à propos de son épais volume de procédure pénale lorsqu'il le frappait d'un coup de poing quand il avait résolu un problème épineux. Ce qu'il fit justement en lançant une exclamation de satisfaction, attirant l'attention de sa femme qui, dans son fauteuil roulant, écoutait à la radio un concert de musique classique. Il aurait bien aimé lui parler de l'idée qu'il venait d'avoir, mais son épouse éprouvait une sainte allergie pour tout ce qui pouvait relever de son métier. Et, d'ailleurs, il estimait que c'était mieux ainsi. Tant de juges avaient commis l'erreur de parler des affaires qu'ils traitaient à leur femme.

Le juge Nathan Parker était d'autant plus heureux de sa découverte que, le lendemain, il devait présider une tenue de la loge maçonnique dont il était le Vénérable, la loge *Vers l'Orient Vers la Vérité* qui siégeait à Norfolk. Middelton-Murray père y serait certainement.


8


La loge maçonnique de Norfolk, une des plus anciennes, ressemblait à beaucoup d'autres : le maillet, le compas et l'équerre y figuraient comme motifs décoratifs sur les murs et sur les boiseries. Un triangle avec un œil ouvert au milieu signifiait la présence, pendant les travaux, de l'Être suprême. Beaucoup d'autres éléments rappelaient le voyage de saint Paul à travers la Méditerranée, le mystère d'Isis et d'Osiris, ainsi que le lâche assassinat d'Hiram, l'architecte du Temple de Jérusalem, par deux de ses élèves qui voulaient dérober ses secrets. La loge avait également son économe, son grand hospitalier et son portier qui s'exclamait à l'entrée : « Qui vient ? » On lui donnait le mot de passe qui, ce trimestre, était « Archimède et Mozart ».

Là où cette loge différait des autres, c'est qu'elle ne comportait aucun Noir. Était-ce dans ses statuts ? À ceux qui s'interrogeaient sur cette absence, qui paraissait en contradiction avec l'idéal de tolérance et de fraternité prêché par les maçons, on répondait : « C'est une coutume ici comme ailleurs. Il y a bien des loges qui refusent les juifs. Et la loge de Bethlehem, elle, ne comporte que des Noirs et aucun Blanc n'y serait accepté. »

Ce soir-là, les frères étaient venus nombreux car on devait procéder à une initiation, cérémonial souvent émouvant qui donne lieu à un rituel et à une liturgie où s'expriment tous les mythes et les croyances maçonniques. La tenue était présidée par le juge ; à ses côtés, on pouvait reconnaître comme trésorier Tom Steward, le rédacteur du journal local ; le grand hospitalier était M. Middelton-Murray père. Et, parmi les frères qui siégeaient, on pouvait distinguer presque tous les notables du comté : Robert, le fils Middelton-Murray, l'avocat de Norfolk, le maire de la ville, le père de Jim, le pasteur de la communauté blanche et autres notabilités. Jim avait été initié comme son père et son grand-père l'avaient été. Mais deux ans après, alors qu'il n'avait pas dépassé le grade d'apprenti, il avait cessé de participer aux travaux de la loge. Il n'avait pas de raison à donner à cette *mise en sommeil*. Il lui semblait seulement que ce choix n'avait été dicté que par le désir de faire plaisir à son père. Il ressentait le besoin d'être indépendant et de régler sa conduite sur d'autres bases.

Avant de pénétrer sous les colonnes du temple où aucune question d'ordre profane ne devait être proférée, le juge attrapa M. Middelton-Murray par la manche.

« Il faut que je vous parle.

— Voyons-nous tout à l'heure. Vous êtes libre à dîner ? Je vous raccompagnerai à Bethlehem avec ma voiture. Mon chauffeur récupérera la vôtre demain. Au fait, vous savez que le métis Archibald était... »

Il allait dire « un frère », mais il s'arrêta et préféra dire « franc-maçon ».

« Il fait partie de la loge noire, la loge Montesquieu. C'est un Français qui a découvert une île dans le Pacifique et qui a été dévoré par les cannibales. »

Le juge n'eut pas le cœur de corriger l'erreur d'un homme aussi puissant que M. Middelton-Murray. D'autant plus que cette information concernant le métis Archibald le contrariait.

« Quelle poisse ! s'exclama-t-il. Je viens de l'inculper et d'ordonner son arrestation.

— Ne vous faites pas de bile, mon vieux, les frères comprendront. Bien sûr, tant qu'il ne s'agit pas de l'un d'entre nous », ajouta-t-il en pesant ses mots et en donnant à son propos une intonation non pas menaçante mais lourde de sous-entendus.

Le juge, tout Vénérable et attorney fédéral qu'il fût, était toujours impressionné par la personnalité pleine d'assurance de M. Middelton-Murray. Il n'en trouvait pas la raison. Celle-ci était pourtant simple : l'argent.

## 9

Quand Jim reçut une convocation du tribunal de Bethlehem pour « affaire importante le concernant », il pensa au différend qui l'opposait à un de ses métayers pour une question de fourrage. Il se rendit au tribunal en pestant sur la mauvaise foi du paysan qui ne cessait de lui chercher noise et s'occupait mal de la ferme qu'il devait gérer. Aussi, quand le greffier du tribunal lui transmit son inculpation pour un motif d'un tout autre genre, il en fut stupéfait. Il alla tout droit chez le seul avocat qu'il connaissait, celui de Norfolk, Tim Bradley. C'était un juriste à l'élégance soignée, toujours impeccablement peigné, qui écoutait ses clients avec toutes les marques de l'attention la plus aiguisée mais qui avait l'agaçante habitude de lever son regard au-dessus d'eux pour s'admirer dans un grand miroir disposé à cet usage. Il se plaisait physiquement. Il s'admirait intellectuellement et n'était pas loin de se considérer comme un personnage considérable. Il maudissait la mauvaise étoile qui contrariait son génie et empêchait sa gloire de franchir les frontières de la petite ville de Norfolk.

Ce génie n'était nullement apparu à Jim dans les quelques affaires pour lesquelles il lui avait demandé conseil. Néanmoins, il le connaissait et, s'il ne s'attendait pas à des prodiges de la part de ce bellâtre, il ne lui semblait pas qu'il courait de grands risques en le chargeant de débroussailler le texte de l'inculpation dont il était l'objet.

L'avocat lut attentivement le texte puis, prenant sa respiration comme un plongeur qui va chercher une éponge en apnée dans l'eau profonde, il lui annonça que son affaire était grave : on l'accusait de complicité dans un avortement auquel s'était livrée Angela. Il était d'autre part désigné comme son amant, ce qui le faisait *ipso facto* tomber sous le coup du crime d'adultère, crime pour lequel la législation de l'État se montrait particulièrement sévère.

Un coup de téléphone de l'avocat au greffe du tribunal de Bethlehem — au cours duquel le robin eut maintes occasions de s'admirer dans son miroir — leur apprit l'inculpation du métis Archibald — et aussi son incarcération — et celle d'Angela.

Jim, sous le choc, demeura muet. Il ne pensait nullement à lui-même, aux risques qu'il courait — qui, d'après le front soucieux de son défenseur, paraissaient sérieux —, mais à Angela. Cette procédure allait être un obstacle infranchissable entre lui et Angela, entre son corps et celui d'Angela. Ainsi, c'en était fini de ce paravent d'illusions et de mensonges qui les protégeait. Leur union allait être proclamée au grand jour. Loin de rester pure, à l'abri des commérages, des médisances, on allait la disséquer avec malveillance. Le bonheur fragile dans lequel ils avaient vécu grâce au secret allait être fracassé. Jim éprouva cruellement la morsure de l'injustice. Quel Dieu sans miséricorde pouvait avoir le cœur de s'acharner sur Angela ? N'avait-elle pas subi, dans cette vallée de larmes, assez d'humiliations ?

Une image fulgurante le traversa. Il revit le sexe d'Angela, ce sexe à la toison crépue. Ce sexe qui était le but de sa vie, il allait en être privé, pour longtemps, peut-être pour toujours. C'était comme si, à cet instant, on lui annonçait sa propre condamnation à mort.

## 10

Avant d'inculper Jim, Angela et le métis Archibald, le juge Nathan Parker avait mûrement réfléchi. Il chercha longtemps le texte de loi qui lui permettrait d'écarter le témoignage de Jim. Il finit par repérer un article de la loi d'État qui considérait comme nul tout témoignage émanant d'une personne sur laquelle pesaient des charges d'adultère ou d'avortement. Bien sûr, cet article serait plus tard considéré comme contraire à la loi fédérale par la Cour suprême. Mais le temps que celle-ci arrête sa décision, la procédure qui mettait en cause Robert Middelton-Murray serait depuis longtemps abandonnée puisque le principal témoignage sur lequel reposait sa culpabilité aurait été juridiquement disqualifié.

La découverte de cette astuce de procédure procura au juge un moment d'extrême satisfaction intellectuelle. Il connaissait toutes les ressources du droit. Mais, cette fois, il avait cru perdre la partie. Les raisons personnelles ne le guidaient pas exclusivement. Certes, les risques qui pesaient sur sa carrière, les agréables parties de chasse à la perdrix chez Middelton-Murray, avaient stimulé son zèle. Ce qui l'emportait chez lui, c'était le désir de se prouver sa capacité professionnelle en résolvant un problème de droit important et aussi d'adapter ce droit dans un sens qu'il jugeait profitable à la société, en l'occurrence le maintien de l'ordre public dont M. Middelton-Murray était un des garants.

Ainsi armé sur le plan du droit, il organisa son plan de bataille avec autant de minutie que George Washington avait organisé ses troupes pour gagner la bataille de Yorktown. Avec autant de minutie et, pourrait-on dire, aussi peu d'émotion pour les blessés, les morts qui allaient en résulter. Dans les deux cas, les hommes n'avaient probablement pas plus de réalité que des figurines en bois sur un échiquier.

L'attorney fédéral ne nourrissait aucune animosité à l'encontre de Jim, pas plus qu'envers Angela, qu'il ne connaissait pas, ou envers le métis Archibald. Il n'avait, vis-à-vis de ces derniers, aucun préjugé racial défavorable. Pour lui, l'intérêt général justifiait ces inculpations. Tant mieux si le jury acquittait Jim. Quant aux deux autres, ils ne feraient, au pire, que quelques mois de prison. Une vétille en comparaison des désordres, des troubles qu'aurait entraînés la réouverture d'un procès contre l'assassin de la jeune fille noire.

Le téléphone sonna le lendemain dans son bureau. C'était le chef de cabinet du gouverneur furieux de l'incarcération du métis Archibald. Cette protestation étonna le juge, car le gouverneur n'était pas franc-maçon. Il n'avait donc aucune raison d'intervenir. Les motifs du gouverneur étaient tout autres : à l'annonce de l'incarcération du métis Archibald, les quartiers noirs de Bethlehem étaient entrés en ébullition. Des commerçants avaient été molestés et plusieurs magasins du quartier blanc avaient été pillés. Cela n'aurait pas été trop grave si on n'avait pas été si près des élections. Mais, à cette date, l'affaire risquait de s'envenimer. Dieu sait où les passions entraîneraient les quartiers noirs. N'avait-on pas lu une inscription inquiétante où l'on comparait le métis Archibald à Nat Turner, un héros martyr de la lutte contre l'esclavage ?

Le juge reçut ensuite plusieurs coups de téléphone de Vénérables des loges de l'est de l'État. Ils faisaient fraternellement pression sur lui pour qu'il fît preuve d'humanité touchant un franc-maçon de la loge Montesquieu, loge qui, bien que noire, était très modérée sur le chapitre de la ségrégation raciale.

Toutes ces interventions amenèrent le juge à réfléchir. Il fit immédiatement prévenir l'avocat du métis Archibald que son client serait libéré dans les prochains jours.

Mais cette décision changeait les plans de l'attorney fédéral. Si Archibald devait bénéficier de mansuétude, il fallait que quelqu'un d'autre subisse les rigueurs de la loi.

## 11

L'audience du tribunal de Bethlehem commença le 10 avril. L'attorney fédéral avait méticuleusement veillé à la composition de ce tribunal : le juge qui mènerait les débats, le procureur, les experts, même les jurés avaient été l'objet de sa plus grande sollicitude. Les jurés, notamment les Noirs, toujours imprévisibles, avaient été sélectionnés avec soin ; on les avait choisis parmi les communautés religieuses particulièrement puritaines que l'avortement et l'adultère révulsaient. Rien ne pouvait enrayer le mécanisme de la justice. Aucun imprévu n'était à attendre. Tout était calibré au millimètre près.

Seule source d'inquiétude, le greffier, un Noir, il fallait bien qu'il y en eût un aussi dans le tribunal. Celui-ci, qui avait un mauvais caractère et qui savait que, de toute façon, il n'avait aucune promotion à attendre dans cette juridiction, prenait un malin plaisir à contrecarrer les volontés de sa hiérarchie. Il lui suffisait de feindre un moment d'inattention en laissant, par exemple, un mot en blanc, en plaçant mal une virgule pour que le jugement soit frappé de nullité par la Cour suprême.

Quand Jim se retrouva au banc des accusés, avec le métis Archibald et Angela, il pensa non à lui, mais à Angela, puis à sa femme qui était présente dans la salle. Elle allait découvrir dans toute sa clarté l'étendue de sa vie de mensonge. Il en souffrait pour elle. Elle savait maintenant la vérité sur sa liaison avec Angela. Cette révélation avait eu comme premier effet de la rassurer sur elle-même. Elle avait enfin la clé de l'indifférence sexuelle de son mari : cette perversité qui lui faisait aimer les femmes noires. Comme elle ne pouvait imaginer celles-ci en rivales, cette nouvelle lui permettait d'envisager sa situation de manière positive. Elle était convaincue que la conduite de Jim ressortissait à la psychiatrie. C'était un malade qu'il fallait soigner et remettre sur le droit chemin du devoir conjugal. Quant à Angela, Jim n'osait lui parler, ni lui sourire, craignant de la compromettre. Ils ne s'étaient revus qu'une seule fois avant le procès. Le prêtre catholique de Galway, qui avait joué un si grand rôle dans leur histoire, leur avait ménagé une entrevue dans sa sacristie. Jim avait eu le sentiment qu'il serrait Angela dans ses bras pour la dernière fois. Elle le fixait maintenant avec un regard dur, comme s'il était responsable du gâchis de sa vie. Il se sentait coupable en effet.

Le président du tribunal, après avoir procédé à la sélection des jurés, lut l'acte d'accusation et fit appeler les témoins. Ronald Pearl, le procureur qui se tenait à ses côtés, était un homme à l'allure de clergyman, les lèvres minces et serrées, les yeux d'un bleu passé qui, sous ses petites lunettes cerclées de fer, lui donnaient un air respectable et impénétrable. Bien que jeune, il avait derrière lui une belle carrière d'avocat. Il était conscient des lourds enjeux de ce procès. Originaire du Nord, il avait un peu de mal à s'habituer à l'idiosyncrasie judiciaire de ce comté. Scrupuleux, assez intelligent pour savoir qu'il ne progresserait dans sa fonction que s'il était capable de faire preuve d'équité, sans toutefois heurter de front les puissances en place, il avait l'intention d'agir avec prudence. Il avait un handicap touchant sa vie privée : il aimait les garçons et craignait que cela se sût. Il s'était amouraché d'un jeune homme pauvre qui faisait des études de sciences économiques à Chicago. Il les finançait en partie. Or ce garçon, ayant quelques jours de vacances, était venu les passer dans sa famille à Bethlehem. Aussi le procureur, tout en suivant consciencieusement les débats, surveillait-il sa montre, inquiet du moindre retard, des dépositions trop longues qui risquaient d'amputer les rares heures qu'il comptait passer avec le précieux jeune homme.

Le principal témoin à charge était Mady, la gouvernante noire du métis Archibald. Celle-ci avait indirectement des problèmes avec la justice, car son mari, convaincu à plusieurs reprises de vols avec violences, était sous le coup d'une nouvelle inculpation pour menace de meurtre. Elle était prête à dire au président du tribunal tout ce qu'il souhaitait entendre. Et même plus.

Elle fit sa déposition en chargeant Angela, mais en prenant soin de disculper le métis Archibald qu'elle craignait encore plus que le juge. Ses déclarations confirmaient les accusations d'adultère et d'avortement. Elle disait avoir vu un grand nombre de fois Jim aux alentours de la cabane. Elle avait vu Angela l'y rejoindre. Elle racontait même qu'il appelait en travestissant sa voix et en se faisant passer pour le directeur d'une boutique de mode de Bethlehem.

Le juge l'écoutait avec attention. C'était un homme corpulent, à la barbe impeccablement soignée. Il lui demanda d'un air fin comment elle pouvait être certaine qu'il s'agissait du même homme puisqu'il travestissait sa voix. Elle se troubla. Cette remarque provoqua des rires dans l'assistance et créa cette bonne ambiance nécessaire dans un tribunal pour établir une connivence entre le public et les juges. Quant à l'avortement, elle en avait la certitude sans pouvoir en apporter la preuve. Sa maîtresse n'avait-elle pas fait une fausse couche, constatée dans le rapport du médecin ? C'était en effet ce rapport qui, transmis à la police, comme la loi en faisait une obligation aux praticiens, avait donné à l'attorney fédéral l'idée « qu'il y avait peut-être une piste à explorer de ce côté-là ».

Mais le médecin n'avait pas conclu à l'avortement volontaire. L'expert requis fit une déposition qui allait dans le sens inverse. Il expliqua toute la difficulté qu'il y avait à distinguer une fausse couche naturelle d'un avortement provoqué. Il montra des croquis sur le tableau noir, des planches anatomiques qui introduisirent la plus grande confusion dans les esprits.

Aussi, quand le président, qui sentait que les preuves apportées n'avaient rien de concluant, lui posa la question avec solennité :

« Quelle est votre conviction d'expert et de chrétien ? » celui-ci répondit :

« À n'en pas douter, c'est un avortement. »

Et il expliqua à nouveau sur le tableau noir les raisons qui l'avaient amené à cette conclusion. En fait, cet expert touchait pour chacune de ses expertises huit cents dollars. Il savait pertinemment que, le jour où ses conclusions n'iraient plus dans le sens souhaité par le juge, il pourrait dire adieu à ses huit cents dollars. Or il avait besoin de ces émoluments. Il était marié, mais il lui fallait ces revenus pour entretenir dans ses meubles une jeune vendeuse du magasin de mode le plus chic de la ville, jeune femme qui, de surcroît, était très dépensière. Il était fou d'elle. Elle lui faisait tourner la tête. D'autre part, cet expert était d'autant plus malléable qu'il avait eu quelques tracasseries judiciaires. On l'avait autrefois soupçonné, non sans raison, de pratiquer des avortements clandestins. C'est ce qui l'avait amené à quitter la médecine. Il avait même, ironie du sort, pratiqué un avortement sur la fille d'un juge engrossée par un malotru qui refusait de l'épouser. Devant la menace du déshonneur, la famille n'avait pu éviter d'avoir recours à ses services. D'autres notabilités du comté, dans les mêmes navrantes circonstances, avaient dû faire appel à lui.

Divers témoins firent leur déposition devant les juges. Le médecin qui avait soigné Angela maintint son point de vue. Un deuxième expert renchérit sur ce qu'avait dit le premier tout en prenant soin de réfuter ses arguments. Presque tous les témoins allaient harmonieusement dans le sens de l'accusation. Le verdict allait tellement de soi que le travail du procureur en fut allégé. Il se donna l'élégance de prononcer un réquisitoire modéré. Il cita plusieurs fois la Bible qui condamne l'adultère et la fornication. Il fut beaucoup moins affirmatif sur la question de l'avortement.

Jim, dans sa déposition, avait déçu : comme tous les innocents, il était mal à l'aise et se sentait déconcerté par l'atmosphère de haine qui l'entourait. Angela pleura, mais trouva la force de nier les accusations. Quant au métis Archibald, il se montra plein de dignité outragée. Il se comporta comme un mari véritable dont la femme est accusée injustement. Il ne nia pas les visites de Jim, mais les justifia par ses anciennes relations avec sa femme. Ils étaient restés amis, quoi de plus naturel, et il respectait cette amitié dans laquelle il avait sa part. Il cita de nombreuses rencontres avec Jim, les conversations auxquelles elles avaient donné lieu. Même s'il en exagérait le nombre et l'importance, le métis Archibald restait dans les limites de la vérité. Il ne dit rien, en revanche, de ses sentiments vis-à-vis de Jim. Puis il procéda à un examen serré des rapports d'experts et les mit en pièces mieux que ne le fit par la suite son avocat. Celui-ci, un Noir herculéen qui, pour payer ses études, avait fait des exhibitions de catch dans les foires, tenta de faire vibrer la corde sensible des jurés et fit appel à leur cœur :

« Nous, les Noirs, nous le savons, nous sommes toujours coupables. Même quand nous souffrons, même quand nous sommes innocents, il nous faut payer. N'avons-nous pas assez souffert dans les chaînes de l'esclavage, n'avons-nous pas eu notre lot suffisant d'humiliations et de tourments ? »

L'avocat de Jim se leva pour prononcer sa plaidoirie. Le juge espéra qu'elle ne serait pas trop longue. Peut-être avant que les jurés ne se réunissent aurait-il le temps, s'il suspendait l'audience, d'aller bourrer sa bonne vieille pipe. Il en profiterait pour asperger son costume de parfum, car celui-ci empestait l'essence. Parfois, à la dérobée, d'un geste machinal, il tournait légèrement la tête vers son épaule gauche, humant cette désagréable odeur. Il craignait qu'elle n'importunât son voisin, le procureur. Celui-ci, qui l'avait en effet remarquée, n'en était nullement gêné. Son souci était ailleurs : il songeait au jeune homme qu'il allait retrouver après une longue absence. Il regarda sa montre et remarqua qu'elle était en avance sur la pendule de la salle d'audience. Si le robin ne se lançait pas dans une plaidoirie fleuve, il ne serait pas en retard à son rendez-vous avec le jeune

David. Peut-être avec un peu de chance aurait-il le temps de l'emmener à la piscine avant que celui-ci n'aille retrouver ses parents pour le dîner.

L'avocat prit la parole avec un air de componction et de gravité. Il n'avait plus besoin de miroir pour s'admirer : il avait le public. Il lisait sa beauté dans les paires d'yeux dirigés vers lui. Il avait beaucoup balancé sur la position qu'il allait prendre, hésitant à se désister d'une cause qui, même gagnée, n'apporterait rien à sa carrière. Au contraire. Mais l'attrait d'un grand procès public, son nom cité dans les journaux, les félicitations sur le beau morceau d'éloquence qu'il allait dispenser à un public admiratif avaient emporté sa décision.

Il n'avait pas prononcé quatre phrases avec une lenteur étudiée qu'un cri retentit : « Au feu ! » Et, presque aussitôt, une fumée âcre pénétra par une porte latérale. Le juge fit immédiatement évacuer la salle.

12

L'attorney fédéral avait eu beau prévoir le déroulement du procès dans les moindres détails, il en avait néanmoins négligé un : le juge qui présidait le tribunal fumait la pipe. Il avait une grosse bouffarde, soigneusement culottée, qu'il prenait avec plaisir dans sa main en étudiant ses dossiers. Mais pour allumer cette pipe — en dehors des audiences, bien sûr —, il avait besoin d'un briquet à essence. Or ce maudit briquet consommait beaucoup de carburant et il arrivait souvent au juge de pester parce qu'il était vide et, donc, inutilisable. Ce matin-là, en se rendant au tribunal en voiture, cet homme prévoyant s'arrêta chez le pompiste et lui demanda de lui fournir une petite réserve d'essence pour son briquet. Le pompiste, qui n'avait pas d'autre récipient, remplit une bouteille qui traînait. En arrivant à son bureau, au tribunal, le juge se livra dans ses toilettes à l'opération délicate qui consistait à remplir son briquet. Mais la cloche qui annonçait l'ouverture de l'audience sonna. Surpris, le juge laissa tout en plan pour enfiler sa robe, remettant l'opération à plus tard.

Quelques instants après le début de l'audience, la femme de ménage, une Noire, commença son travail de rangement. Après avoir consciencieusement balayé, secoué la poussière des rideaux, briqué le buste en bronze d'Abraham Lincoln et passé un plumeau sur les rayonnages de livres dans la bibliothèque, elle s'accorda un moment de repos mérité. Repos qui ne serait troublé par personne puisque tout le personnel judiciaire était requis à l'audience du tribunal. Elle sortit un paquet de Lucky Strike de son sac et décida de s'en griller une, non sans avoir ouvert la fenêtre afin d'effacer toute trace de ce moment de détente pris sur ses heures de travail. La journée était belle. Elle regardait les enfants qui sortaient de l'école en criant. Soudain, le téléphone sonna. Surprise, craignant d'être découverte, elle jeta son mégot dans la corbeille à papier. Puis, songeant soudain à sa petite fille à laquelle elle avait promis de rapporter un pancake, elle sortit dans le vestibule pour vérifier si, par mégarde, elle n'avait pas oublié son portefeuille qu'elle ne retrouvait pas dans son sac et qui devait être dans la poche de son manteau.

Dans le vestibule, elle rencontra l'huissier noir avec lequel elle avait l'habitude de tailler une bavette.

« Alors, quels sont les clients aujourd'hui ?

— De pauvres bougres, comme d'habitude », répondit l'huissier d'un air philosophe.

Ils papotèrent ainsi cinq minutes. Lorsque la femme de ménage revint dans le bureau du juge, elle trouva la corbeille en flammes. Elle se précipita dans les toilettes, saisit la bouteille qu'elle croyait remplie d'eau, mais qui contenait de l'essence, et tenta d'éteindre le feu. Une immense flamme jaillit qui enflamma le bureau. Elle poussa un cri et se précipita dans les couloirs du tribunal pour demander de l'aide.

C'est ainsi que la plaidoirie de l'avocat fut interrompue et que, devant les dégâts causés autant par le feu que par les pompiers pour tenter de l'éteindre, la suite des audiences fut reportée. Mais, pour tous les observateurs avisés, les jeux étaient faits.

13

Durant la période de son procès, la vie conjugale de Jim était devenue un enfer. Sa femme avait appris l'étendue de son infortune et, pis, elle avait été humiliée en voyant son malheur rendu public. On en faisait bien entendu des gorges chaudes. Jim tenta par tous les moyens d'apaiser sa femme, mais celle-ci, qui, au début, avait cru qu'avec l'aide de la psychiatrie elle pourrait arracher son mari au démon qui l'habitait, déversait maintenant sur lui sa bile et sa rancœur. Elle était d'autant plus violente, vociférante que, pour affronter le choc du procès, elle s'était mise à boire. Sous l'effet de l'alcool, elle révélait un fond insoupçonné de violence et de grossièreté. Quand il se couchait le soir dans le lit conjugal, tant redouté par Jim, et que celui-ci tentait quelques caresses, Sally semblant s'éveiller de sa torpeur lui lançait :

« Espèce de salaud, tu veux faire avec moi les saloperies que tu faisais avec ta putain de négresse. »

Ces insanités glaçaient Jim. Il ne pouvait comprendre comment une femme aussi distinguée pouvait adopter un tel langage ordurier. Cela lui rappelait, dans d'autres circonstances, les vociférations de sa mère lors du premier scandale. Elle aussi s'était exclamée : « Ta putain de négresse. »

Désormais, Jim ne pouvait plus approcher le corps de sa femme. Si elle le touchait, il avait une impression aussi désagréable que s'il recevait une décharge électrique.

Un jour, autant pour fuir son épouse, devenue acariâtre, que parce qu'une poussée de chaleur rendait l'atmosphère de Norfolk irrespirable, il décida d'aller se baigner dans le lac qui se trouvait à vingt minutes de la ville. Quinze jours le séparaient encore de la dernière audience de son procès. Il envisageait son issue avec fatalisme.

Quand il arriva près du lac, le vent se leva, le vent chaud du sud annonciateur de tempêtes, parfois de typhons. L'eau du lac, d'un calme plat, commençait à frémir avec les premières risées. Puis le vent forcit, projetant des feuilles qui virevoltaient sur la vaste étendue aquatique. Ce lac rappelait à Jim des souvenirs d'enfance. Ici, avec ses cousins, il avait appris à barrer son premier dériveur. Il faisait des régates en compétition avec Robert Middelton-Murray qui ne supportait pas d'être devancé. L'eau était tiède, doucereuse, mais le vent qui soufflait fort rendait la baignade dangereuse. Cela n'arrêta pas Jim. Au contraire. Il nagea vers le milieu du lac. Soudain, tandis qu'il était à quelque distance d'une île minuscule, le sentiment de sa solitude lui parut atroce. Sa vie était ratée. Tout avait échoué. Parti avec tant d'avantages et de privilèges, il se trouvait la proie du déshonneur. Il avait perdu la femme de sa vie. Car il soupçonnait maintenant fortement le métis Archibald d'avoir bel et bien profité de ses droits de mari légitime sur Angela. Alors, quel espoir lui restait-il dans la vie ?

L'idée de se laisser glisser au fond du lac lui parut comme une délivrance. Là, au moins, il n'aurait plus affaire aux juges, aux injures de son épouse, tout cela lui serait épargné. Rejoindre le silence. Disparaître. On croirait à un accident. Il s'apprêtait à mettre ce projet à exécution lorsqu'il éprouva une douleur à la jambe. Sans doute la morsure d'un brochet. Cela provoqua chez lui un réflexe de survie et il se remit à nager, le visage giflé par les embruns que soulevait la bourrasque.

Il entendit des cris. À une centaine de mètres de lui, une yole avait chaviré et ses occupants, qui semblaient ne pas savoir nager, appelaient au secours. Il nagea vers eux.

La situation était critique. Les trois hommes — il s'agissait de trois militaires en permission — n'avaient aucune connaissance nautique. La yole s'était retournée et il semblait presque impossible de la remettre à flot. Jim rejoignit les naufragés. Il leur donna des conseils pour redresser la barque. Il fallait la mettre bout au vent sans quoi elle chavirerait à nouveau. Mais les trois hommes étaient si affolés qu'ils n'avaient pas l'air d'entendre les directives qu'il leur donnait. Enfin, après plusieurs tentatives infructueuses en raison de la maladresse des naufragés, Jim réussit à redresser le bateau et à sortir la voile de l'eau. Les hommes remontèrent à bord précipitamment et la barque faillit à nouveau être couchée sur les flots par le vent qui se déchaînait. Jim prit la barre et mena la yole jusqu'à l'embarcadère où une foule inquiète s'était massée. Des applaudissements saluèrent leur arrivée. Le loueur de bateaux pestait tout en continuant à tirer sur le démarreur de son horsbord qui ne voulait rien entendre. Quand ils accostèrent au ponton, on prit des photos. Les trois hommes remercièrent chaleureusement leur sauveteur. Ils lui demandèrent son nom et voulurent à tout prix l'inviter dans la guinguette en bois, peinte en vert, pour se réchauffer et boire un bon cordial. Jim, tout en participant à l'euphorie générale, trouvait étrange d'être dans la position d'avoir sauvé trois hommes de la noyade alors qu'en bonne logique, une heure plus tôt, c'était son corps qu'on aurait dû découvrir sans vie, ballotté par les flots.

## 14

Cet épisode local eut des répercussions que Jim était bien loin d'imaginer. L'un des militaires se révéla être le fils de Randolph Young, le propriétaire du groupe de presse dont faisait partie le *Chicago Star*. Il téléphona à son père pour lui raconter sa mésaventure et l'heureuse issue qu'elle avait eue grâce au héros qui, au péril de sa vie, l'avait arraché au danger. L'homme de presse réagit aussitôt. Il décida d'exploiter l'affaire. Certes, il était heureux de faire plaisir à son fils en honorant son sauveur, mais, surtout, il était désireux de faire remonter le tirage de ses journaux en perte de vitesse dans la région depuis les révélations sur les assassinats de jeunes filles noires. Vanter les mérites d'un habitant de Norfolk lui ferait regagner à coup sûr les lecteurs perdus. Et puis, dans cette période internationale troublée, lourde de menaces, il était bon de regonfler le moral de l'Amérique en mettant en valeur le courage d'un jeune Américain. Ironie du sort, le rédacteur en chef du *Chicago Star* était désormais Robin Cavish qui, grâce à son enquête, avait pris du galon dans le journal.

Avant la publication du *Chicago Star*, la nouvelle

du naufrage de la yole s'était propagée. Quand elle arriva à Norfolk, elle était passablement transformée. Car les Noirs, qui l'avaient véhiculée, ont l'habitude d'aggraver les informations qu'ils transmettent. Vieux réflexe de l'ère de l'esclavage où il ne pouvait jamais arriver que des événements désagréables. Et puis ce n'est qu'une question de temps : la vie elle-même ne s'achève-t-elle pas par une mauvaise nouvelle ? Fidèles à cette habitude, mais peut-être aussi par le désir d'enjoliver les choses pour les rendre plus intéressantes, les messagers firent circuler le bruit que Jim s'était noyé dans le lac en tentant de sauver trois nageurs imprudents qui avaient également péri.

Quand on apprit à Norfolk la mort de Jim, on pensa que c'était au fond une très heureuse issue à une histoire lamentable. Dieu, dans sa sagesse et sa magnanimité, lui avait ainsi épargné la honte d'une condamnation et de la prison. Paix désormais à son âme.

Cette réaction fut également celle des parents de Jim qui apprirent la fausse nouvelle par leur femme de chambre noire. Malgré sa cruauté, la mort de leur fils leur apparaissait comme la seule issue compatible avec leur honneur. Ils s'apprêtaient à supporter pendant de longues années les souffrances et les humiliations qu'entraînerait la condamnation de leur fils. Mieux valait souffrir une bonne fois pour toutes plutôt qu'à petit feu. Par chance, tante Lisbeth était partie à bicyclette pour peindre des fleurs sauvages. La fausse nouvelle lui fut donc épargnée. Quant à Sally, elle eut une crise de nerfs. Elle poussa des cris et éclata en sanglots. Puis elle s'enferma dans sa chambre.

Quelques heures plus tard, la vérité fut rétablie. Ralph Hidow, un vieil ami du père de Jim, se précipita : dans son empressement, il laissa sa voiture sur la chaussée, la portière ouverte et le moteur encore en marche. Il s'exclama :

« Ton fils n'est pas mort. C'est un héros. Il a sauvé trois soldats de la noyade.

— Ah, je préfère ça », dit le père par antiphrase parce que, au fond de lui-même, il aurait préféré la première version. « C'est le sang des Gordon... »

À peine avait-il prononcé cette phrase qu'il s'effondra sur son fauteuil, frappé d'une attaque. On appela aussitôt le médecin.

Quand le *Chicago Star* parut le lendemain, la photo de Jim en compagnie des trois rescapés ornait la première page. Les habitants de Norfolk se sentirent soudain réhabilités par cet héroïsme qui effaçait leur honte. Ils avaient haï Jim d'en être en partie responsable et ils étaient maintenant prêts à l'aimer sans réserve. Leur patriotisme local était délicieusement caressé par les louanges que le journal adressait à Jim. Il semblait à chaque habitant mâle du comté que c'était lui-même qui s'était jeté à l'eau, avait redressé la yole couchée par la bourrasque et ramené les naufragés sur la rive.

# 15

Quand le procès reprit à Bethlehem trois semaines plus tard, l'atmosphère avait changé. On regardait Jim avec admiration ; on lui adressait des sourires, on lui faisait dans le public de petits signes de la main. La foule des journalistes et des curieux se massait aux portes du tribunal. La salle d'audience repeinte à neuf était pleine à craquer.

L'audience reprit là où on l'avait laissée le jour de l'incendie. L'avocat de Jim prit la parole. Il avait beaucoup changé lui aussi avec les événements. Alors qu'il s'apprêtait un mois plus tôt à prendre ses distances vis-à-vis de la cause de son client et à plaider son innocence sans chaleur excessive, il sentit que, cette fois, il devait s'impliquer pour satisfaire un public tout acquis à Jim. Comme, au fond, il n'avait aucune conviction — en dehors de la certitude qu'il était le plus bel homme du comté —, cela ne lui fut pas difficile. Il fut excellent. S'il ne l'avait pas été, c'eût été pareil : toute la salle frémissait, les jurés, à qui il était pourtant interdit de manifester quelque sentiment que ce soit, hochaient la tête en signe d'approbation.

L'attorney fédéral décida de changer de stratégie : puisque Jim, qu'on voulait sacrifier, était devenu populaire, on allait lui sauver la mise et, en revanche — puisqu'il fallait bien un coupable —, on allait charger le métis Archibald. Ce qui était au fond son intention avant l'intervention du gouverneur. Tant pis s'il était franc-maçon — ce n'est pas une loge noire, fût-ce la loge Montesquieu, qui allait faire la loi ! Et il trouverait bien un moyen de leur rendre un signalé service à l'occasion. Tant pis si le gouverneur était mécontent — mais, de toute évidence, il ne le serait pas —, il y avait plus de risque électoral à condamner Jim qui était un héros qu'à mettre en prison le métis Archibald qui était noir.

À midi, les jurés se levèrent pour se rendre dans la salle des délibérations. Une demi-heure plus tard, le verdict tombait. Jim était acquitté. Le métis Archibald était condamné à six mois de prison ; Angela à deux mois pour « tentatives abortives non prouvées ».

Cette sentence fut saluée par des applaudissements. Des flashes crépitèrent ; les journalistes se précipitèrent dans les cabines téléphoniques pour dicter leurs articles. Le juge se caressait le menton d'un air satisfait. Il allait pouvoir se bourrer une pipe bien méritée. Le procureur s'attardait. Il n'était pas pressé. Son protégé, le jeune David, était parti pour Chicago afin d'y suivre ses cours. Il aurait préféré au contraire que le procès s'éternisât pour demeurer dans cette atmosphère familière de chaude complicité professionnelle au lieu d'être contraint d'affronter la solitude cruelle qui l'attendait où tout évoquait son jeune ami et, par ricochet, son absence. Le greffier noir ricanait dans sa barbe : ce jugement serait infailliblement cassé par la Cour suprême. Un bon désaveu pour l'attorney fédéral ! Mais — parce que, tout malin qu'il fût, sa vision de la chose judiciaire n'atteignait pas les cimes de la procédure où évoluait son ennemi intime — il ignorait que cela faisait aussi partie des plans du juge Nathan Parker.

La justice venait d'être rendue au tribunal de Bethlehem.

## 16

Loin d'être heureux, Jim fut effondré par ce verdict. La condamnation d'Angela, celle du métis Archibald le révoltaient. Ni l'un ni l'autre n'étaient coupables. Pourquoi alors les avait-on condamnés ? Pour que les jurés et les journalistes ne se soient pas déplacés pour rien ? Parce que le tribunal était comme une machine. Quitte à ce qu'elle tourne, se mette en branle, il fallait du résultat.

La crainte de ne plus revoir Angela le ravageait. Il ne dormait plus, ne mangeait plus. La vie sans elle avait perdu toute saveur. Il ne s'imaginait plus d'avenir. Son activité, la surveillance des métayers, lui pesait. Un jour, tandis qu'il discutait avec l'un de ses fermiers à propos d'une dette impayée, le ton monta. Il se mit soudain à l'insulter, puis il éclata en sanglots devant le paysan abasourdi.

Jim, qui avait toujours eu un tempérament modéré, qui était docile, avait toujours accepté avec fatalisme les défauts de la petite société dans laquelle il avait vécu. Il regardait les injustices qui s'y déroulaient avec la même résignation qu'il supportait la personnalité revêche de sa mère, le manque de caractère de son père et certaines excentricités de sa tante Lisbeth. Il sentit monter en lui un mouvement de révolte. C'était trop. D'autant que la condamnation d'Angela et du métis Archibald intervenait une semaine après la décision de l'attorney fédéral de ne pas rouvrir l'enquête sur l'assassinat de la jeune fille noire. Robert Middelton-Murray ne passerait jamais en jugement. Tout cela l'écœurait.

Quand elle apprit cette décision, la communauté noire de Norfolk fut consternée. Elle avait la certitude que le procès allait enfin s'ouvrir et que l'on condamnerait sévèrement le ou les coupables. Elle avait été tellement impressionnée par le zèle des enquêteurs du FBI si consciencieux, si compatissants aux douleurs de la famille. Si on imagina des interventions en haut lieu, jamais on ne mit en cause les courageux inspecteurs. D'ailleurs, quand on apprit la mutation de l'un d'eux en Floride, cela vérifia cette intuition qu'il avait été durement sacqué pour s'être opposé à ses supérieurs. Un fond de sentiment d'injustice flottait dans la communauté noire comme le cadavre de la jeune fille avait flotté sur les eaux sombres de la Molly River.

## 17

C'est dans cette atmosphère morose qu'apparut Vanina, une amie de Sally qu'elle avait connue à l'université de Wellesley. Elle avait décidé de venir passer quinze jours chez eux, à Norfolk. Vanina était aussi brune, pétillante, aguicheuse et drôle que Sally était blonde et réservée. Jim fut heureux de l'arrivée de Vanina qui apportait un dérivatif aux scènes conjugales. Tant qu'elle serait là, Sally n'oserait peut-être pas l'insulter. Du moins il l'espérait. Vanina débarqua du train avec une demi-douzaine de valises et remplit bientôt la maison de son babil, de son agitation, pour ne pas parler de son excitation. Elle semblait fonctionner, comme on le dit d'un moteur, à un haut régime. Il fallait la suivre. Debout à l'aube, couchée la dernière, elle débordait d'énergie.

Jim était assez émoustillé de voir cette jolie jeune femme — elle n'était pas encore mariée — dans la maison en sous-vêtements. Elle laissait la porte de la salle de bains ouverte quand elle prenait son bain. Étrangement, Sally, qui l'adorait, ne semblait pas se formaliser de ses manières très flirt. Les garçons assurément ne lui faisaient pas peur. Quand elle avait bu un coup de trop, il lui arrivait de tenir des propos un rien graveleux.

Elle taquinait Jim qui s'amusait de son jeu. Un soir, elle le troubla si fort qu'il réussit à faire l'amour avec sa femme, ce qui ne lui était pas arrivé depuis des semaines. Mais, sitôt l'effervescence de cette étreinte retombée, il se sentit pris d'un terrible cafard : Angela était en prison. Que pensait-elle de lui ? Le trouvait-elle lâche ? Mais que pouvait-il faire pour l'aider ? Il songeait à son sexe, ce sexe qu'il n'embrasserait plus, qu'il ne posséderait plus. Et cette image allumait en lui une flamme douloureuse. Comme il aurait aimé la posséder ici, maintenant, au lieu de Sally dont le corps l'inspirait si peu. Soudain, une idée lui vint : le prêtre catholique.

## 18

Chez les Middelton-Murray, on pavoisait. Ils avaient toujours feint l'insouciance, comme s'ils étaient sûrs de leur bon droit. Mais le coup était passé très près. Sans l'astuce de l'attorney fédéral, sans sa bienveillance, c'en était fini de leurs espérances : finie, l'honorabilité durement conquise, envolés, les espoirs d'une carrière politique brillante pour Robert, avec tous les avantages financiers qui en découlaient. À les entendre, ils avaient toujours eu confiance en la justice de leur pays. Ce qui, en l'occurrence, signifiait qu'ils n'avaient jamais douté de leur habileté à corrompre les juges, ni du pouvoir que leur conférait leur argent.

Pour fêter dignement l'événement, ils décidèrent d'organiser une grande fête dans leur belle propriété. Ils y convièrent tous ceux qui les avaient aidés dans cette épreuve, leurs amis, leurs obligés, mais aussi tous les élus du comté et de l'État qui étaient appelés à soutenir la candidature de Robert au Sénat.

Le nombre de bœufs abattus pour l'occasion était étonnant. Tout fut mis en œuvre pour que ces festivités, qui devaient durer du déjeuner jusqu'au soir, laissent un souvenir impérissable dans la mémoire des invités. Un feu d'artifice était même prévu pour clore la soirée.

L'attorney fédéral reçut bien évidemment un carton d'invitation, mais presque en même temps un coup de téléphone embarrassé de Middelton-Murray père. Celui-ci lui fit part de ses scrupules. Il lui laissait bien sûr le choix de venir ou de ne pas venir à la fête, mais il ne lui semblait pas opportun en la circonstance de faire étalage de leurs amicales relations. L'attorney fédéral qui, déjà, se léchait les babines à la perspective de déguster un T-bone steak d'une livre, bien saignant, arrosé d'un vin de Floride, éprouva une vive déception. Mais, après tout, le vieux Middelton-Murray n'avait pas tort. Il se fit une raison. Derechef, il retint une table pour le soir même dans le meilleur restaurant de Bethlehem.

Tout ce qui comptait dans la région comme personnalités fut invité. Et, bien sûr, Jim et Sally.

Jim décida qu'il n'irait pas, mais c'était sans compter sur Sally qui s'ennuyait à Norfolk où les réjouissances étaient rares, pour ne pas dire inexistantes. Elle insista auprès de son mari qui s'obstina dans son refus. À bout d'arguments, elle envoya Vanina pour tenter de le convaincre. Celle-ci usa de ses charmes sans plus de résultat. Enfin, Sally, dans le lit conjugal, tenta une ultime offensive auprès de son rabat-joie de mari : « Ce n'est pas très gentil pour Vanina. C'était une bonne occasion de lui présenter des garçons. Elle est toujours célibataire à trente ans. C'est dommage : une fille si belle, si sympathique. Peut-être trouvera-t-elle là-bas le prince charmant. Imagine qu'elle plaise à Robert, ce serait formidable, elle s'installerait près d'ici et je pourrais la voir chaque jour. »

Cet argument provoqua chez Jim un tel désagrément qu'il en éprouva une immédiate crampe d'estomac. Sans répondre, il se dirigea vers la salle de bains pour prendre une médication appropriée.

Finalement, il fut décidé que les deux femmes se rendraient seules à la fête.

Jim passa la journée en compagnie de son chien. Jamais sa solitude n'avait été si grande. Décidément, sa femme ne le comprenait pas. Ils étaient plus éloignés l'un de l'autre que Boston de Norfolk. Aucun argument moral n'aurait pu dissuader Sally de manquer une fête. Cela amena Jim à des réflexions pessimistes sur l'engeance féminine en général, la quête frénétique du plaisir, réflexions que n'aurait pas reniées le plus puritain des pasteurs méthodistes.

Quand la nuit tomba et que Jim vit dans le lointain les gerbes du feu d'artifice qui étaient le point d'orgue des festivités chez les Middelton-Murray, la solitude lui pesait tellement qu'il se mit à espérer le retour rapide de Sally et de Vanina. Il s'installa sur le canapé du salon pour les attendre, jetant de temps à autre un coup d'œil sur sa montre-bracelet et épiant le bruit des voitures qui approchaient de la propriété. Il finit par s'endormir tout habillé sur le canapé.

Sally et Vanina ne rentrèrent qu'à trois heures du matin. Heureuses comme des jeunes filles qui ont fait le mur en cachette de papa.

# TROISIÈME PARTIE

# 1

Commença alors dans la vie de Jim une période étrange. Il sentait que l'atmosphère à la maison avait changé, mais il était incapable d'en trouver la cause. Des signes l'avertissaient sans qu'il pût les déchiffrer. Un soir, il se surprit à demander à Sally : « Où vas-tu ? » D'habitude, c'était elle qui l'interrogeait avec un regard dur et angoissé de femme jalouse. Celle-ci lui répondit d'un air désinvolte : « Nous sommes invités avec Vanina chez les Middelton-Murray. De toute façon, tu refuses leur invitation. Tu as tort. Quand on les connaît, ils sont vraiment sympathiques. Et tellement généreux ! Ils se mettent en quatre pour faire plaisir. » Comme Jim se rembrunissait, elle ajouta : « Je crois que ça va marcher avec Vanina. Robert est sous le charme. Je m'en doutais. » Jim eut un pincement au cœur. Il lui était désagréable de savoir que ce butor de Robert allait embrasser les lèvres de Vanina, lui plonger sa langue dans la bouche et peut-être sa queue de fils de vacher enrichi. Non qu'il désirât clairement coucher avec elle, mais il aurait préféré qu'elle demeurât sans homme. Cette situation de ménage à trois platonique lui plaisait. Son foyer était beaucoup plus gai depuis que Vanina l'ensoleillait de sa présence. Elle empêchait que beaucoup de vérités fussent dites. Avec elle, l'existence se transmuait en comédie. Au lieu de se laisser aller à ses mauvais penchants, à la mauvaise humeur, aux insultes, chacun devant ce regard étranger se contraignait et s'efforçait de faire meilleure figure.

    Jim se sentait épuisé. Il lui semblait qu'on devait s'occuper de lui comme d'un convalescent. La pensée qu'Angela pourrissait en prison depuis un mois lui était insupportable. Il n'avait aucun moyen de communiquer directement avec elle. Il n'avait réussi qu'à lui faire passer un message par le prêtre catholique qui lui rendait régulièrement visite. Il fallait attendre encore un mois avant qu'elle ne soit libérée. Et après ? Comment pourrait-il la rejoindre dans la cabane ? Leur secret éventé, ils étaient maintenant sous la surveillance de tous les esprits malveillants. Ils ne pouvaient courir le risque d'une nouvelle condamnation. Car tout serait mis en œuvre cette fois pour les convaincre d'adultère. Le métis Archibald, qui avait été libéré sous la pression du gouverneur, lui vouait désormais — il le sentait — une haine profonde. Il avait la certitude qu'il couchait avec Angela. Il avait lu dans son regard une expression de jalousie qui ne trompait pas. Et à cette vision, il avait des idées de meurtre. Pourquoi la vie s'acharnait-elle à le mettre en échec ? Quel péché voulait-on lui faire expier ? Son seul crime était d'avoir été amoureux d'une femme de couleur ! Dieu l'interdisait-il ? Mais où cela était-il écrit ? Pas dans la Bible en tout cas. L'idée du suicide revint le séduire. Vivre était si compliqué et il était si simple de mourir. Sinon, par quoi remplir le vide que comblait sa passion pour Angela, cette passion de feu qui avait fait de huit années de sa vie un tourment entremêlé d'extases ? Pour rien au monde, il ne les aurait échangées contre n'importe quelle autre existence, fût-elle la plus heureuse. Mais que restait-il désormais de tout cela ? Du passé, rien que du passé. Des cendres.

## 2

Contre toute attente, la vie de Jim prit soudain une direction imprévue. Pourtant, il n'espérait pas grand-chose de ce jour d'octobre pluvieux où il n'avait d'autre préoccupation majeure qu'un rendez-vous chez le dentiste. Non celui de Norfolk qui s'était cassé le bras en tombant de cheval, mais un autre, meilleur praticien mais moins sympathique, dont le cabinet dentaire était situé à Bethlehem. Sur la Lincoln Avenue, sa voiture fut immobilisée par un embouteillage, ce qui était habituel le matin dans cette rue commerçante. La cause en était, cette fois encore, un marchand de légumes noir qui déchargeait sa camionnette : une antique camionnette rafistolée avec des ficelles, qui, exténuée sous le poids des cageots de légumes, semblait prête à rendre l'âme.

Les automobilistes retardés, dès que c'était leur tour de passer, ouvraient leur vitre et se libéraient de leur irritation en adressant au commerçant des bordées d'injures : « Tu ne peux pas te grouiller le cul, sale négro », « On va te faire ta fête, vieux singe, tu te crois encore en Afrique », et autres moqueries qui faisaient tellement partie du folklore de cette ville qu'on n'y prêtait même plus attention.

Soudain, un automobiliste, plus irascible que les autres, arrêta son véhicule au milieu de la chaussée, vint vers le commerçant et le frappa plusieurs fois au visage avec la laisse de son chien, un superbe doberman qui était assis à l'avant de la voiture d'un air hiératique.

Le Noir essayait de protéger son visage et gémissait sous les coups.

Jim bondit de sa voiture et interpella l'homme furibond.

« Vous n'avez pas le droit », lui cria-t-il.

Pour toute réponse, un coup de lanière en cuir lui cingla le visage. Une haine rouge envahit Jim. S'il avait eu une arme, il aurait probablement vidé son chargeur sur cette brute. Deux policiers intervinrent. Ils se mirent également à insulter copieusement le commerçant. Comme celui-ci tentait de se justifier, il reçut un coup de matraque. Quant à Jim qui protestait, il faillit subir le même sort. On passa les menottes au commerçant, non sans avoir renversé à coups de pied les cageots qui gênaient le passage. Jim voulut suivre les policiers, mais il fut repoussé sans ménagement.

Quand il se rendit au siège de la police pour se plaindre, il vit le commerçant enfermé dans une cage en fer. Il était en sang, allongé sur le sol, l'air hébété.

Le policier en faction accueillit Jim d'un air rogue.

« C'est le négro qui a commencé. Il a frappé l'automobiliste. Il n'a eu que ce qu'il méritait. »

Et comme Jim protestait, disant qu'il avait été témoin de la scène, le policier s'énerva.

« Et puis de quoi vous mêlez-vous ? Si vous continuez, je peux vous faire arrêter vous aussi pour insubordination. »

Tandis que le dentiste lui passait la roulette sur sa dent malade, Jim revivait la scène. Il ne parvenait pas à la chasser de son esprit. L'absurdité de cette violence l'atterrait. Il avait honte de ce qu'il venait de voir. Jamais à Norfolk on n'avait vu un Blanc fouetter un Noir. Oui, il avait honte, et il souffrait, non pas du coup qu'il avait reçu, pourtant cinglant, mais de ceux qu'il avait vus infligés au commerçant noir.

Il reprit sa voiture et regagna Norfolk à petite allure. Après cette violence, il avait un besoin infini de douceur : il traitait son volant, sa pédale d'accélérateur sans brusquerie ; il se montrait bienveillant envers les badauds qui se trouvaient sur le passage de sa voiture. Comme le beau temps s'était rétabli, il avait décapoté sa Ford. Le vent tiède ébouriffait ses cheveux. Soudain lui revinrent une foule d'images oubliées : la jeune fille noire assassinée sur la Molly River, les cris déchirants qu'elle avait poussés dans la nuit, d'autres histoires de viols de jeunes Noires auxquelles il n'avait pas prêté attention et puis, surtout, l'injuste condamnation d'Angela.

Sous le coup de l'indignation, il se répétait : « Il n'est pas possible que de telles choses puissent exister : nous sommes en Amérique. » Car il avait encore cette naïve fierté d'appartenir à un pays qui plaçait très haut les principes du droit, de la justice et de la liberté.

Quand il rentra chez lui, il raconta ses mésaventures à Sally et à Vanina. Celles-ci l'engagèrent à se calmer. Pourquoi diable avait-il été se mêler d'une querelle d'automobilistes ?

« Mais il l'a cravaché comme on cravache un esclave, s'exclama-t-il, hors de lui. Et moi aussi, il m'a cravaché », ajouta-t-il, espérant apitoyer les deux jeunes femmes insouciantes.

Sally s'exclama :

« On dirait que tu découvres le monde. Estime-toi heureux d'être du bon côté. C'est une chance. Profites-en ! »

Et elle enchaîna en évoquant la virée en bateau sur la Molly River que préparaient les Middelton-Murray. « Il y aura un orchestre. On dansera, on pourra jouer à un tas de jeux », s'extasiaient les deux amies, heureuses comme des petites filles à la veille de Noël.

Cette indifférence de son épouse blessa Jim autant que le coup de cravache qu'il avait reçu.

Le lendemain, il faisait déposer une plainte par son avocat au tribunal de Bethlehem.

# 3

Angela fut libérée après seulement un mois d'emprisonnement. Le métis Archibald s'était démené auprès du gouverneur qui, maintenant, vivait dans l'angoisse de voir le quartier noir à feu et à sang. Chaque soir, des incidents éclataient. On brûlait des voitures, on incendiait des magasins, on molestait les commerçants blancs. Dans d'autres circonstances, ces événements eussent été jugés sans grande importance. Mais les élections approchaient.

Dès qu'Angela fut libérée, Jim chercha à la revoir. Il mobilisa ceux qui pouvaient lui parler, même tante Lisbeth. D'après le rapport de celle-ci, qui avait échoué dans sa mission, Angela était déprimée. Elle, si gaie, si pétulante, était devenue susceptible et récriminatrice. Elle ponctuait chacune de ses phrases par un méprisant « Vous, les Blancs ». D'autre part, elle semblait se rapprocher de plus en plus du métis Archibald qui était aux petits soins pour elle.

Jim fit intervenir le prêtre catholique. Celui-ci, qui n'avait cessé de rendre visite à Angela pendant sa détention, obtint finalement gain de cause. Désormais, il n'y avait de sécurité pour une rencontre que dans le seul lieu où personne ne pourrait les surprendre : la sacristie. C'est là qu'ils se retrouvèrent.

Jim était aussi ému en se dirigeant vers Galway que s'il se rendait à un premier rendez-vous d'amour. Il aimait tant Angela. L'expression « l'avoir dans la peau » correspondait exactement à ce qu'il ressentait. Elle était en lui, au cœur même de son être. Tous les obstacles qu'ils avaient rencontrés pour se voir et pour s'aimer enflammaient sa passion. Cet amour marginal, secret, n'avait pu connaître l'affadissement d'une union reconnue par la société. Chaque instant avec elle avait été payé d'angoisse ; chaque rare moment de bonheur exalté par la déchirure de l'abandon. Mais, au milieu des avanies et des tourments, quelque chose de précieux et d'inaltérable n'avait jamais cessé d'exister entre eux : le plaisir. C'est lui qui les jetait, avides, l'un vers l'autre, comme s'ils s'acharnaient à vouloir en épuiser l'attraction fatale.

Jim rejoignit Angela dans la sacristie. Le père Jérôme leur ouvrit la porte et les laissa seuls comme la première fois.

« Je reviendrai dans deux heures. Fermez la porte à clé. N'ouvrez à personne. »

Quand Jim retrouva Angela, il eut envie de pleurer. En dépit de son effort pour retenir ses larmes, il éclata en sanglots. La jeune femme devant lui était celle qu'il avait connue, mais c'était comme si un masque grisâtre était posé sur son visage. Elle n'avait plus ses mouvements d'exubérance et d'excitation.

Il voulut la prendre dans ses bras. Elle se dégagea.

« J'ai accepté de te voir, mais c'est la dernière fois. »

Jim protesta.

« Non, c'est la dernière fois !

— Mais pourquoi ? pour quelles raisons ?

— Nous appartenons à deux mondes différents. Cela ne sert à rien de nous voir. Nous ne pouvons que nous faire du mal. Regarde tous ces malheurs, ça ne te suffit pas ? »

Jim ne savait que répondre. Il se sentait responsable des épreuves traversées par Angela. Il était coupable. Tout ce qui lui venait à l'esprit, c'était de lui demander pardon.

« Je n'ai pas à te pardonner. Nous avons été fous. Maintenant, il faut devenir raisonnables. »

Soudain, l'image du sexe d'Angela le troubla. Il tenta à nouveau de la prendre dans ses bras. Elle se débattit. Il insista. Elle finit par se laisser faire. Ils firent l'amour sur le sol dallé de la sacristie, dans une odeur d'encens, devant un crucifix et des habits sacerdotaux qui pendaient sur un cintre. Mais le corps d'Angela, d'habitude effervescent, était froid et inerte : c'était comme s'il faisait l'amour à une morte.

4

Comme il rentrait chez lui, à Norfolk, terrassé par le gâchis de sa vie, ayant perdu toute espérance, Jim entendit le bruit d'une dispute. Sally et Vanina, les deux meilleures amies du monde, échangeaient des insultes. Dès qu'elles s'aperçurent de sa présence, elles se turent.

« Que se passe-t-il ? » demanda Jim.

Les deux femmes demeuraient silencieuses. Il insista.

« Ça ne te regarde pas », dit Sally, et elle entraîna son amie dans le jardin où leur querelle reprit de plus belle.

Jim songea à l'apostrophe du policier de Bethlehem. « De quoi vous mêlez-vous ? » Décidément, il était seul dans ce monde. Tous ses efforts pour participer à la vie des autres, pour les aider, étaient rejetés.

Pourquoi donc se disputaient-elles ? Mais, au fond de lui-même, il n'y attachait pas beaucoup d'importance. La seule question qui le préoccupait, c'était de savoir quelle raison de vivre il allait pouvoir substituer à l'amour d'Angela. Il n'en voyait aucune. Ses yeux se posèrent sur le coffret en merisier qui contenait son fusil Purdey. Il lui semblait que tout conspirait à sa disparition. Il n'avait plus de place nulle part. Il se répétait les dernières paroles d'Angela : « Ne cherche plus à me revoir. Je ne t'aime plus. J'aime Archibald. »

Les éclats de voix entre les deux jeunes femmes se poursuivaient dans le jardin. Elles vidaient longuement leur querelle.

Puis il entendit une porte claquer. Vanina surgit en larmes. Elle monta l'escalier et réapparut quelques instants plus tard, ployant sous le poids de ses valises. Jim l'aida à les transporter jusqu'au taxi qui l'attendait dans la grande allée.

« Mais qu'est-ce qui t'arrive ? demanda Jim. Pourquoi pars-tu ? Pourquoi ces disputes ?

— Demande à Sally. Elle t'expliquera peut-être. »

Le taxi l'emmena à la gare. Jim rejoignit sa femme dans le jardin. Elle coupait nerveusement les branches mortes d'un rosier avec un sécateur.

« Que s'est-il passé ? Je ne comprends rien, demanda Jim.

— Ça ne m'étonne pas. Tu ne vois rien de ce qui se passe autour de toi. »

Elle le planta là sans autre explication. Le soir, elle lui annonça qu'elle sortait.

« Mais où vas-tu encore ? Pas chez les Middelton ?

— Si, justement. Ça te dérange ? »

Et puis, comme si elle répondait à une question qu'il ne lui avait pas posée, elle enchaîna :

« À propos, si ça t'intéresse, je tiens à te dire que je couche avec Robert. Nous sommes très amoureux l'un de l'autre. »

Jim, interloqué, la regardait d'un air ahuri.

« Tu couches avec...

— Oui. Je préfère te prévenir. Ça fait mal, hein ? Ce n'est pas agréable à entendre ? Eh bien, tu comprendras peut-être ce que j'ai ressenti pendant que tu couchais avec ta putain de négresse. »

5

Insondables mystères du cœur. Jim ressentit un regain d'amour pour Sally. Il lui semblait qu'au fond il ne l'avait jamais vraiment vue. Il la regardait sans la voir, toujours en pensant à Angela. L'idée qu'il allait la perdre, qu'elle le trompait avec ce balourd de Robert, l'amenait à l'observer sous un jour différent. Sa beauté, son corps magnifique s'éclairaient d'une nouvelle lumière : celle d'un bien auquel on n'attache du prix que le jour où on risque d'en être spolié. C'était lui qui, maintenant, voulait faire l'amour avec elle et elle qui le repoussait.

« Ce qui t'excite, c'est de savoir que je couche avec un autre homme », lui lançait-elle. Non, ce n'était nullement cette raison qui le poussait vers elle. Au contraire, cette idée de partager sa femme avec Robert le dégoûtait. Il ne comprenait pas ce qu'elle pouvait aimer chez ce garçon infatué de sa personne et qui traînait un lourd passé. Imaginant les autres hommes qui eussent pu trouver grâce à ses yeux à titre d'amants, il ne parvenait pas à se satisfaire d'un seul postulant. Il ne souhaitait être trompé ni par Robert ni par un autre. Avec étonnement, les attraits de sa femme lui apparaissaient soudain. N'était-elle pas belle, svelte avec ce port de tête orgueilleux qui, dans les réceptions, lui donnait l'air d'une goélette racée sous le vent ?

Il ne prenait conscience des souffrances qu'il lui avait infligées que parce qu'il ressentait sur lui-même les effets de l'adultère. Rien n'était plus humiliant que sa situation de mari trompé. Un soir sur deux, elle s'attardait à sa toilette avant le dîner, se pomponnait, se parfumait, enfilait une belle robe et, avec un sourire crispé qui se voulait désinvolte, lui disait bonsoir. Elle rejoignait la voiture de Robert qui l'attendait à deux rues de là. Elle ne rentrait que tard dans la nuit.

Jim n'avait plus alors pour compagnons que son chien beagle et tante Lisbeth. Celle-ci tentait d'adoucir sa tristesse par des paroles réconfortantes. Le chien s'ennuyait depuis qu'il était privé de ces grandes balades à cheval du côté du ranch du métis Archibald.

Pour passer le temps, Jim rendait visite à son père. Le vieil homme, dans son fauteuil roulant, l'accueillait avec un air de chien triste. Il n'était plus capable de lui faire aucun reproche, mais Jim sentait que lui aussi le tenait pour responsable de son infirmité. Quant à sa mère, elle passait son temps dans des tournois de bridge et il ne la croisait que rarement.

6

La plainte déposée par Jim au tribunal de Bethlehem ne fut pas enregistrée. Le commerçant noir était mort dans les locaux de la police. Pris d'une subite crise de démence, selon la version officielle, il s'était jeté sur un radiateur pendant son interrogatoire. Transporté à l'hôpital, on n'avait pu que constater le décès dû à une fracture du crâne.

Apprenant cette nouvelle par son avocat, Jim éprouva un sentiment d'indignation si violent qu'il l'étouffait. Les injustices qui l'avaient frappé n'avaient pas manqué : il avait toujours fini par céder devant la nécessité sociale, sacrifiant ses aspirations aux contraintes du réel, acceptant sans rechigner l'ordre qui régnait. Mais, cette fois, il le sentait, il ne se soumettrait pas. D'où lui venait cette force nouvelle dans la révolte, cette détermination à agir pour vaincre un ennemi qui lui semblait gigantesque ? Il l'ignorait, mais ce qu'il savait, c'est qu'il ne lui imposerait plus sa loi. C'était pour lui une question de survie. S'il cédait, cette fois, c'en était fini de cette minuscule lumière qui brillait en lui et qui était sa vraie vie, il rejoindrait les marionnettes : tous ceux qui vivaient tranquilles autour de lui, sans s'offusquer du mal, douillettement complices de ses méfaits.

Son impuissance, sa solitude avaient beau lui apparaître, elles ne le faisaient pas changer d'avis. Il se battait, quitte à y laisser sa peau. Il se battait pour qu'on rende justice à ce Noir qu'il ne connaissait même pas.

Il écrivit aussitôt à Robin Cavish pour l'informer de ce fait divers scandaleux. Deux jours plus tard, un journaliste du *Chicago Star* vint enquêter. Une semaine après, un article évoquait l'affaire. Mais il ne s'agissait plus d'une de ces grandes enquêtes qui faisaient éclater les scandales et réveillaient la police fédérale. Il passa presque inaperçu des lecteurs de Norfolk et il accrédita l'idée que Jim était un traître, « un Blanc passé du côté des nègres ».

7

C'était un hangar désaffecté où l'on stockait autrefois du coton. Les crues de la Molly River l'avaient rendu trop humide. On y remisait encore des marchandises en transit. Récemment une cargaison d'oranges avait dû y être entreposée car l'odeur persistait. Peu à peu, les hommes se pressaient à l'entrée, des Noirs dans leur grande majorité. Ils se faufilaient, le chapeau baissé, comme s'ils craignaient d'être reconnus. À leur attitude silencieuse, discrète, on sentait qu'ils avaient peur. La plupart appartenaient aux professions libérales : avocats, médecins ou professeurs. Sur la trentaine de personnes présentes, cinq hommes seulement — Jim compris — étaient blancs. Les deux représentants de l'association « For the Law » arrivaient de Washington. L'un des deux, un sexagénaire à la barbe biblique, avait le visage violacé par d'anciennes brûlures et un bandeau noir sur l'œil : un souvenir du Ku Klux Klan qui, trois ans plus tôt, l'avait arrosé d'essence pour qu'il cesse de se mêler de ce qui ne le regardait pas.

« For the Law » luttait contre la ségrégation raciale et pour l'application des droits civiques. L'organisation, dont le siège était à Washington, avait beaucoup de mal à s'implanter dans le Sud. Les autorités locales interdisaient le plus souvent ses réunions sous le prétexte qu'elles troublaient l'ordre public. Les militants étaient en effet la cible des extrémistes, et il n'était pas rare qu'ils soient tabassés par la police quand elle les découvrait en infraction. Rien ne s'opposait à la tenue de ces réunions, mais tout était fait pour qu'elles n'aient pas lieu. C'est pourquoi l'association avait réuni ses membres dans ce hangar dans un climat de semi-clandestinité.

Les orateurs allèrent s'asseoir sur des caisses. Le barbu au visage brûlé prit la parole. On l'écoutait avec respect. Il commença par rappeler les principes de l'organisation. Jim se souvenait de sa première rencontre avec les militants, deux mois plus tôt, au cours de laquelle ces mêmes principes avaient été énoncés dans un local en tôle ondulée. D'abord, on s'était méfié de lui. La suspicion et la peur régnaient. La permanence avait été incendiée à deux reprises.

Ce qui frappait Jim, c'est que ces hommes qui défendaient une cause généreuse n'avaient rien d'exceptionnel. La plupart avaient une apparence un peu miteuse — ils étaient même parfois physiquement disgraciés — comme s'ils cherchaient dans l'idéal à échapper à leur médiocrité.

Après le barbu qui s'était cantonné dans les généralités, on donna la parole à un avocat noir. Celui-ci, habillé avec recherche, avait des cheveux crépus si blancs qu'il semblait avoir de la neige sur le crâne. Il se lança dans une apologie de la violence. Mais son discours sonnait faux, le ton était forcé. Il employait trop de mots recherchés. « On nous matraque, on nous tue et nous ne répondons pas. À chaque crime contre un Noir, nous devons répondre par la même violence. Fini le temps de l'Évangile. Revenons à la Bible. Œil pour œil, dent pour dent. »

Ce discours plein de haine exaspéra Jim. À quoi mènerait cette vengeance ? Il trouvait dans ces propos la même exagération, la même outrance qui lui rendaient odieuses les proclamations du Ku Klux Klan.

Soudain, la porte d'entrée près de laquelle se trouvait Jim s'ouvrit. Il se trouva presque nez à nez avec le métis Archibald. Il lut sur son visage une crispation d'agacement qui devait être assez proche de l'expression qui se peignait sur le sien. Il lui tendit la main et Jim la serra.

L'arrivée du métis Archibald ne passa pas inaperçue. On lui marquait un respect particulier. Quand il prit à son tour la parole, on sentit que la réunion commençait vraiment. Loin d'être fumeux ou excessif comme les orateurs qui l'avaient précédé, il analysait, disséquait la situation avec intelligence et clarté. Il subjuguait son auditoire. De temps à autre, il chaussait ses petites lunettes cerclées de fer pour lire un texte ou une citation.

Ce charisme, Jim en éprouvait les effets avec agacement. Il sentait que cet homme possédait une force intérieure hors du commun. Il voulait à tout prix résister au mouvement d'admiration qui le poussait vers lui. Bien sûr, ils partageaient un même idéal. « Sans doute, se dit Jim, mais lui se bat pour défendre sa communauté. Tandis que moi... » Mais il ne put achever ce raisonnement. Pourquoi se battait-il pour des gens qui, au fond, lui étaient étrangers ?

Mais, surtout, ce qui l'empêchait d'admirer totalement le métis Archibald, c'était sa rancœur. Il était son rival. Il le haïssait de lui avoir pris Angela. Déjà, Jim n'écoutait plus. Il avait envie de fuir cette réunion, de ne plus entendre, de ne plus voir celui qui lui rappelait si cruellement son malheur. La phrase d'Angela lui revenait : « Je ne t'aime plus, j'aime Archibald. »

Jim entendit des applaudissements. Un orateur prit la parole pour évoquer la question de la grande école de Norfolk. Discrètement, Jim quitta le hangar. Dans la nuit, des étoiles brillaient. La soirée était tiède. Jamais il ne s'était senti aussi seul.

Un grand type noir qui faisait le guet à cent mètres arriva en courant.

« Casse-toi ! Ils arrivent. »

Et il entra dans le hangar pour alerter les participants. Ce fut aussitôt la débandade.

Jim courut droit devant lui vers les berges de la Molly River. Il avait peur. Le visage du barbu horriblement brûlé lui revenait en mémoire. À bout de souffle, le cœur battant, il atteignit un ponton en bois. Plusieurs barques y étaient amarrées. Il s'installa dans l'une d'elles, la détacha et la poussa vers le milieu du fleuve en prenant appui sur l'armature en bois du débarcadère. Tandis qu'il dérivait doucement sur les eaux calmes, il pouvait observer ses compagnons qui s'enfuyaient dans les ruelles du quartier noir. Deux voitures de police s'arrêtèrent devant le hangar et l'éclairèrent de leurs phares. Des hommes munis de torches électriques inspectaient les alentours. Leurs chiens qui aboyaient déclenchaient une cacophonie d'aboiements chez tous les cabots du voisinage. Dans l'éclairage des phares apparut un break Chevrolet. Ses occupants en descendirent. Ils parlèrent quelques instants avec les policiers qui regagnaient leurs voitures. Tout le monde sembla abandonner les lieux. L'obscurité retomba sur le hangar. Soudain, une immense flamme jaillit sur la façade. En quelques minutes, l'édifice en planches s'embrasa. Jim, stupéfait, regardait le spectacle. L'incendie se reflétait sur les eaux sombres du fleuve. C'était horrible et magnifique. Il y avait une telle beauté primitive dans ce feu gigantesque — une beauté de cathédrale de braises et de flammes — que Jim ne parvenait pas à en ressentir toute l'horreur. Bien sûr, il était indigné par cet acte. Mais sa violence lui semblait dépasser les hommes. Elle les traversait comme une fièvre. Ils n'en étaient que les acteurs stupides. L'image du barbu au visage brûlé lui revint encore une fois. Un effroi rétrospectif le glaça. Dire qu'il aurait pu subir le même sort.

8

Une *public school* devait en effet être construite à proximité du quartier noir. C'était le serpent de mer de la ville. Il est difficile de se faire une idée des proportions que devait prendre ce projet dans l'atmosphère du comté, surchauffée par les hommes politiques qui entendaient bien en tirer des arguments de campagne. C'était comme si un simple et inoffensif bouton de fièvre se transformait peu à peu, après avoir été gratté, en cancer généralisé.

Cette question de la construction de l'école était dangereuse comme le sont toujours les symboles. Tout le monde y allait de son idée. Rarement œuvre philanthropique n'avait dissimulé autant d'ombres ; des spéculations sur le prix des terrains n'en étaient que le moindre mal. Au fond, il s'agissait de savoir si l'État de M., à travers sa fameuse école, rejoignait les États du Nord en renonçant à la ségrégation raciale ou si, s'enfermant dans sa tradition sudiste, il la maintenait.

Le projet de la grande école était irréalisable. Magnifique dans son principe, généreux dans ses motifs, il se heurtait à des obstacles insurmontables tenant autant à la nature du terrain lui-même qu'à l'impossibilité de parvenir aux expropriations nécessaires.

Mirifique, utopique, permettant à tous de se donner bonne conscience et voué secrètement à un échec qui permettrait de fructueuses opérations financières, c'était une aubaine pour les politiques qui cherchaient un grand thème fédérateur. L'école devint donc un enjeu électoral de première importance.

On se trouvait devant ce paradoxe : ceux qui défendaient le principe de la grande école avec le plus de véhémence étaient le plus souvent recrutés parmi les ségrégationnistes qui espéraient qu'elle ne verrait jamais le jour. Leur habileté était d'avoir enrôlé sous leur bannière la communauté noire qui voyait déjà ses enfants sortis de la misère et propulsés dans les plus prestigieuses universités. Les Noirs aimaient rêver à des choses impossibles. Leur âme d'anciens esclaves s'était dégoûtée de la réalité qui ne pouvait leur apporter que la souffrance, l'humiliation et la haine. Le rêve et l'utopie, au contraire, faisaient danser dans leur esprit des illusions fantasques. N'était-ce pas cette raison qui les avait poussés dans les bras des pasteurs qui leur promettaient le paradis ?

Les partisans de la petite école, celle immédiatement réalisable, moins ambitieuse, mais qui avait l'avantage de pouvoir ouvrir ses portes l'année suivante, réunissaient contre eux les ségrégationnistes et les Noirs. On les traitait d'hommes sans cœur, de racistes ; on stigmatisait leur manque d'ambition et leur peu de foi, quand on ne mettait pas en cause leur conviction religieuse. Les Noirs les regardaient avec tristesse, comme de faux amis, des traîtres à leur cause. Sans le savoir, ces Noirs agissaient comme une femme volage qui quitte un mari trop raisonnable mais aimant, pour un amant, certes gracieux, mais frivole, inconstant et trompeur.

Bien entendu, Robert Middelton-Murray était pour la grande école. Comme le pasteur blanc, le pasteur noir, le patron du Tomahawk, Tom Steward, le journaliste local, le gouverneur de l'État, l'attorney fédéral (en fait, il était contre, mais il se disait favorable pour ne pas avoir d'ennuis). Jim mena campagne contre le projet. Il s'attira aussitôt non pas la haine de ses congénères — ce qui était déjà fait —, mais la foudre des Noirs : ceux-ci ne lui savaient pas gré d'avoir défendu un des leurs à Bethlehem, de s'être engagé pour la défense de leurs droits. Cela, ils l'oubliaient, mais ils lui en voulaient de faire obstacle à leur grand rêve, de ne pas tenir ce discours verbeux sur les grands principes que propageaient les démagogues et les marchands d'illusions. Peut-être ne faut-il pas leur jeter la pierre : ils préféraient à tout un rêve. N'est-ce pas ainsi que furent, de tous temps, dupés tous les hommes ?

9

La fin de la journée avait été magnifique. Le soir tombait, enveloppant la nature d'un grand drap de soie grise. La variété des arbres aux cimes flamboyantes, la bonne odeur de foin coupé et quelques vaches qui paissaient sur les collines, tout cela avait une allure bucolique et chantait la gloire d'un des plus beaux paysages de l'Amérique. Dans la vaste prairie, légèrement relevée à son extrémité, ce qui pouvait donner l'impression que l'on était dans un théâtre de verdure, la foule des Noirs s'était rassemblée. Hommes et femmes, vêtus de leurs habits du dimanche, élégants, bariolés, venus de tout le comté, et certains de l'autre bout de l'État, se préparaient à entendre la bonne parole du révérend Jonas Savanah, pasteur du quartier noir de Norfolk. On notait la présence du gouverneur, souriant sous son chapeau de cow-boy comme s'il allait être baptisé, de ses adjoints, aussi à l'aise au milieu de cette foule de Noirs que s'ils se trouvaient prisonniers d'une tribu cannibale et qu'on était en train de faire bouillir l'eau dans le chaudron. Divers élus et candidats de la région étaient là, d'autant plus empressés qu'ils se gardaient bien de fréquenter la communauté noire en dehors de la sacro-sainte période électorale.

Lorsque le révérend Jonas Savanah fit théâtralement son apparition, élégant et fier dans son costume gris, il fut salué par des ovations. Il fendait la foule de ses fidèles qui s'ouvrait devant lui comme la mer Rouge au passage des Juifs fuyant la colère de Pharaon. Si tant de gens se déplaçaient pour l'écouter — certains, bien sûr, directement intéressés —, c'est que le pasteur était connu pour son éloquence, la force avec laquelle il électrisait son auditoire — au point qu'en ce jour de la Pentecôte chacun avait l'impression de recevoir directement la lumière de l'Esprit-Saint et d'être transformé en apôtre. Le révérend connaissait l'étendue de son pouvoir. Il aimait user de son verbe pour réveiller la foule, l'exciter, la frustrer, pour, enfin, la mener à l'extase.

Le révérend monta sur l'estrade qu'on lui avait aménagée. Il dominait l'assistance. Sa voix s'éleva, claire, distincte, prenante et, au même moment, des flambeaux s'allumèrent tout autour de lui, donnant l'impression qu'il parlait non pas de la terre, mais d'une île lumineuse.

Il commença son sermon d'un ton monocorde.

« Mes frères, certains m'ont dit : ici, à Norfolk, à Bethlehem, on n'aime plus Dieu. Alors je vous le demande : et vous, aimez-vous Dieu ? Répondez-moi : aimez-vous Dieu ?

— Oui, nous l'aimons, cria la foule.

— Vous l'aimez donc, mais l'aimez-vous assez ? Êtes-vous prêts à sacrifier votre confort pour Dieu ? Êtes-vous prêts à être humiliés pour Dieu ? Êtes-vous prêts à mourir pour lui ?

— Oui, nous sommes prêts.

— N'êtes-vous pas des tièdes ou des Pharisiens ? Avez-vous le cœur pur ?

— Oui, nous l'avons. »

Ayant ainsi subjugué son auditoire, affamé de son verbe, le pasteur aurait pu dire n'importe quoi, ses paroles auraient été accueillies dans le délire. Il eût pu tout aussi bien réciter comme une litanie l'annuaire du téléphone de Norfolk — ou la liste des dynasties bibliques —, il ne pouvait plus endiguer le courant fougueux qui menait les fidèles vers l'extase.

« Je vous montrerai la grande prostituée qui réside au bord des océans. Avec elle, les rois de la terre se sont prostitués et les habitants de la terre se sont enivrés du vin de la prostitution. Et j'ai vu une femme assise sur une bête écarlate couverte de noms blasphématoires et qui avait sept têtes et dix cornes. Elle tenait dans sa main une coupe d'or pleine d'abominations : des souillures de sa prostitution. Sur son front était écrit : Babylone la Grande, mère des prostituées et des abominations de la terre.

« Et je vis la femme ivre du sang des saints et du sang des témoins de Jésus. À sa vue, je restai confondu.

« Les dix cornes de la bête haïront la prostituée, elles la rendront solitaire et nue. Elles mangeront ses chairs et la brûleront au feu.

« Maudits soient ceux qui sont hostiles à la grande école. Ce sont tous ceux qui veulent maintenir le peuple en esclavage comme les Juifs au temps de Pharaon. Maudits soient leurs complices. Maudit soit celui qui a couché avec la prostituée, qui s'est livré avec elle à l'œuvre de chair dans le blasphème, qui a commis l'adultère. Celui-là, Dieu le regarde comme un damné, une créature de Belzébuth. »

Sous la véhémence de cette parole, certains fidèles pleuraient, des femmes entraient en convulsions. Seul le gouverneur restait impassible : il ne montrait aucun signe d'acquiescement ni d'impatience. Il éprouvait le même sentiment du devoir accompli que lorsque sa femme l'obligeait à emmener leurs enfants aux représentations du cirque Barnum.

Seules quelques personnes ne comprirent pas à qui le pasteur faisait allusion dans ce sermon apocalyptique. Les autres reconnurent clairement dans cette dénonciation l'homme qui avait fait scandale et que les deux communautés, pour une fois solidaires, considéraient comme un traître : Jim.

Quand tante Lisbeth lui apprit les paroles furieuses du pasteur, Jim se contenta de hausser les épaules en lançant : « Puisque j'ai dit la vérité à la face du monde, le monde se dressera contre moi » (Proverbes, I, 3). Et il partit pour la chasse avec son beagle dont la queue frétillait de bonheur.

## 10

Comme sa femme sortait de plus en plus ostensiblement avec Robert Middelton-Murray et qu'en conséquence elle repoussait de plus en plus ses avances, et était souvent absente, Jim prit l'habitude de se rendre régulièrement à Bethlehem. Il allait visiter les associations de lutte contre la ségrégation. Il y retrouvait aussi la famille du commerçant noir, ainsi que toute sa parentèle de cousins que le deuil et l'injustice avaient réunie et qui l'accueillait avec chaleur. C'est ainsi qu'il rencontra Wendy, une jolie jeune femme noire que son mari avait quittée. Elle était plus plantureuse qu'Angela et, même si le malheur l'avait rendue très susceptible, elle avait un grand charme. Tout de suite, elle plut à Jim qui avait l'impression de retrouver Angela. Il souhaitait seulement nouer avec elle une relation d'amitié, tout au plus un flirt.

Un soir, cependant, elle l'invita chez elle et elle lui servit un délicieux dîner copieusement arrosé d'un très bon vin de Floride. La pièce principale de son appartement donnait sur la Molly River. Un peu ivre, délicieusement gai, comme si le monde cruel et injuste dans lequel il vivait avait laissé place à un coquet petit paradis rafraîchi par la brise qui soufflait sur les eaux sombres de la Molly River, il regardait les étoiles, les fameuses étoiles dont le mystère ne l'inquiétait nullement, tandis que Wendy rangeait sa cuisine. Comme les étoiles étaient belles et pures !

La jeune femme vint le rejoindre et ils s'assirent sur un matelas posé sur la terrasse. Sans la moindre gêne, elle lui offrit ses lèvres et l'attira vers elle. Jim n'avait eu, en se rendant à son invitation, aucune arrière-pensée de ce genre. Mais la fille était belle. Elle ressemblait à Angela. Avait-elle elle aussi un sexe râpeux comme un gant de crin ? Sa bouche enflamma ses sens et, bientôt, il eut la réponse à la question qu'il se posait.

Il revit Wendy, moins parce qu'il l'aimait que parce qu'il cherchait un peu d'amour. Dans ses bras, là-haut, sur la terrasse qui ouvrait sur le fleuve, il oubliait quelques brefs instants le gâchis de sa vie. Mais, sitôt qu'il se retrouvait seul, il avait l'impression de se trahir, de trahir Angela, de trahir ce grand élan qui le poussait vers la pureté de l'amour vrai. Était-ce sa faute si cet amour lui était refusé ? Peu à peu le véritable caractère de Wendy se révéla. Elle était non seulement susceptible, mais acariâtre, vindicative, comme tous les gens malheureux. Elle lui faisait des scènes sans raison, l'accusait de la mépriser, de ne la voir que pour « tirer un coup ». Il acceptait ses récriminations avec fatalisme, comme s'il devait expier une faute qu'il ne se souvenait pas d'avoir commise. Un jour de fureur, parce qu'il était en retard, elle arracha les essuie-glaces de son pare-brise. Une autre fois, parce qu'il s'obstinait à ne pas vouloir passer la nuit avec elle, elle creva deux pneus de sa voiture. Il la regardait sans protester comme s'il avait devant lui l'incarnation d'une mystérieuse punition. Il apprit par un frère du commerçant assassiné que, dans la famille, on la surnommait « Wendy la rage ».

11

Jim retourna voir le prêtre catholique à Galway. Celui-ci l'emmena se promener dans la campagne environnante. Les usines enlaidissaient le paysage, mais la nature restait belle là où l'homme ne l'avait pas touchée. Ils découvrirent une allée sous des marronniers. Ils marchaient en silence. Soudain, Jim s'exclama :

« Je voudrais me convertir. »

Le prêtre sourit.

« Si c'est votre souhait, je vous y aiderai. Mais croyez-vous que vous trouverez dans le catholicisme une réponse à votre problème ?

— Mon problème ? » répéta Jim sans comprendre à quoi le prêtre faisait allusion.

Puis il ajouta : « Les pasteurs de Norfolk… » Le prêtre l'interrompit.

« Je sais ce que vous allez me dire. Ce sont des hommes très estimables, très pieux, mais ils vivent dans leurs passions. Ne voyez pas seulement la religion réformée à travers eux. S'ils vous déçoivent, beaucoup de prêtres catholiques vous décevront aussi. C'est dans l'ordre des choses. Mais sachez que les pasteurs, notamment les anabaptistes, ont fait beaucoup avancer la lutte contre la ségrégation raciale. » Il se tut et reprit :

« Au fond, quel est le but de votre vie ? »

Jim, devant cette question si simple, se sentit plus mal à l'aise qu'à la barre du tribunal de Bethlehem. Il ne savait que répondre. S'apercevant de son trouble, le prêtre changea de sujet.

« Ne vous illusionnez pas sur moi. Je doute beaucoup. La religion m'apporte un grand réconfort, mais, le plus souvent, je suis seul sur le chemin. Je respecte les valeurs de la société, mais je ne crois pas en elles. La société n'est créatrice que de désirs et d'illusions, des désirs et des illusions qui changent. Moi, je cherche la vérité.

— Où la trouvez-vous ?

— Dans la souffrance. C'est dans la souffrance que l'homme est le plus humain. C'est alors qu'il donne l'occasion de croire en lui.

— Mais tous ces hommes qui souffrent, pourquoi ont-ils tant de haine ?

— Il leur faut bien trouver un responsable à leurs souffrances. Les hommes sont aveugles, ils ne voient rien d'autre qu'eux-mêmes, que leurs passions. Il est très difficile de les éclairer. La vérité leur est insupportable. Voyez les Noirs ici, voyez les Blancs. Il n'y a plus de chaînes depuis l'abolition de l'esclavage, mais les uns et les autres portent une chaîne invisible. Leur problème, c'est qu'ils ne veulent pas l'admettre. »

Jim raccompagna le prêtre à la sacristie où il devait se préparer pour la messe. Dans la pièce austère au dallage froid, le crucifix était toujours à la même place et les vêtements sacerdotaux suspendus à leur cintre.

## 12

Le cyclone Lola, remontant de Floride, traversa l'État. Il épargna Norfolk, mais ravagea Bethlehem. Le quartier noir, construit en torchis, en planches, en tôles, sur les bords fangeux de la Molly River, fut particulièrement touché. C'était un spectacle de désolation. Les routes et les chemins de fer endommagés empêchaient l'arrivée des secours. Les vivres manquaient. Quand, enfin, les camions fédéraux parvinrent à Bethlehem, ils furent accueillis à coups de pierre. Le soir, ils furent assaillis par une foule affamée et par des éléments troubles de la population. Cette attaque des fourgons de vivres prit vite des allures d'émeute. La police tira. Dans ce pays, dès que la police était face à des Noirs, elle perdait vite son sang-froid. On releva huit morts et plusieurs dizaines de blessés.

Tout l'État se souleva. Le gouverneur, à un mois des élections, se trouvait dans une fâcheuse posture. On l'accusait d'incurie. On le soupçonnait d'avoir laissé se construire des maisons près du fleuve pour favoriser la spéculation immobilière. Certains prétendaient que c'était lui qui avait donné l'ordre à la police de tirer pour satisfaire son électorat ultra-conservateur mécontent des progrès des idées antiségrégationnistes dans la région.

Pour calmer les esprits, le gouverneur réactiva son projet de la grande école pour Norfolk. Il fit un discours où il accusa tout le monde : les responsables de Washington qui avaient tardé à acheminer les secours, mais aussi tous ceux qui, par leur conduite, avaient attiré sur l'État la colère et le châtiment divin. Si l'ouragan Lola avait ravagé Bethlehem, ce n'était pas par hasard. Il fallait chercher ceux qui étaient coupables et les punir. Et, pêle-mêle, il incrimina les opposants au projet de la grande école et ceux qui vivaient dans la débauche, le stupre et l'adultère. Et, quand il ajouta à ces dépravations le terme de prostitution, tout le monde comprit à qui il faisait allusion.

Le pasteur noir de Norfolk n'était pas mécontent de ce climat de révolte. Il savait que le projet de la grande école ne se réaliserait jamais, qu'il était mort d'avance et qu'il laisserait chez ses congénères une immense frustration. Non seulement ces souffrances et ces malheurs le convainquaient davantage que son peuple était décidément le peuple élu parce qu'il était le plus éprouvé par Dieu, mais il ressentait un certain orgueil à l'idée du rôle de sauveur qu'il serait immanquablement appelé à jouer. Les autres pasteurs noirs, tièdes, opportunistes, en quête de petits avantages, s'étaient compromis avec le pouvoir blanc. Lui seul, tel l'archange Gabriel, armé de son épée de feu — pour lui, cette épée, c'était son verbe —, défendait son peuple qui, comme de petits enfants apeurés par l'orage, venait chercher protection auprès de lui. On l'écoutait, le gouverneur s'inspirait de ses sermons. C'était Dieu qui, en créant tant de malheurs, l'avait choisi pour sauver son peuple.

Le métis Archibald n'était pas loin, pour des raisons différentes, de partager la satisfaction du pasteur. Les troubles — il n'y était pas étranger — redonnaient une cohésion à la communauté noire qui était tombée dans le panneau de la grande école et croyait encore aux proclamations antiségrégationnistes. Homme des réalités, fin politique, le métis Archibald savait que plus la situation empirerait, plus elle attirerait l'attention de

Washington. Le Congrès soumis à réélection, le renouvellement du mandat présidentiel qui approchait amèneraient les politiques à faire un geste éclatant en faveur de la communauté noire. Et qui plus que lui était à même d'être son représentant ? Par la loge Montesquieu, il avait eu accès à des hommes importants de Washington et on savait qu'il était le seul à pouvoir calmer les émeutes. Un bain de sang ne contrarierait nullement ses plans. Mais, parce que l'esprit d'équité n'avait pas disparu de son cœur — et même si quelques Noirs devaient mourir —, il ne voyait pas pourquoi quelques Blancs ne les suivraient pas dans la mort. Tel était le prix du progrès.

### 13

Sally annonça à Jim qu'elle souhaitait divorcer pour épouser Robert Middelton-Murray. Celui-ci avait besoin, pour sa carrière, d'une épouse qui pût l'épauler. La blancheur de la peau de Sally et sa beauté rassureraient les électeurs ultra-conservateurs qui auraient pu être fâcheusement disposés vis-à-vis d'elle en raison de son divorce. De plus, Robert, qui entendait à tout propos des pasteurs se déchaîner contre l'adultère, craignait qu'on en tirât argument contre lui. Aussi, ces derniers temps, évitait-il le plus possible de se montrer en compagnie de Sally.

Le virus de l'ambition politique s'était emparé

de Sally. Elle s'était mise à lire les journaux, à écouter la radio et feuilletait les atlas pour voir où se situaient exactement l'Italie, la Finlande et la Mongolie-Extérieure. En se regardant dans la glace avec satisfaction, elle semblait se dire qu'après tout elle ferait une très présentable première dame de la Maison-Blanche. En matière historique, elle bûchait également. Mais elle avait du mal à situer les grands personnages historiques à leurs dates. Aussi hésitait-elle toujours avant de se prononcer sur la question de savoir si Bismarck avait précédé Louis XIV ou le contraire. Elle pensait que Napoléon était mort sur l'échafaud avec Marie-Louise d'Autriche. Mais Robert Middelton-Murray n'était pas en état de la contredire. Lui ignorait jusqu'à l'existence de ces personnages extravagants situés dans des pays qui étaient pour lui aussi irréels et folkloriques que la Chine ou le Kamtchatka.

Jim craignait maintenant de perdre Sally. Sans l'aimer, il s'était attaché à elle. Elle constituait, avec tante Lisbeth et son beagle, ses seules attaches dans la vie. Mais il sentait que la détermination de Sally était inébranlable. Elle divorcerait de toute façon. L'idée d'un nouveau mariage lui semblait belle comme une promesse. On avait eu beau l'avertir des risques qu'elle courait avec Robert qui buvait et qui pouvait se montrer violent, rien, pas même son passé de meurtrier, ne résistait à l'idée du mariage, d'une belle robe, d'une cérémonie à la mairie et d'un voyage de noces aux Bahamas. Et le rêve d'être un jour première dame des États-Unis rejoignait une prédiction qui lui avait été faite par une de ses amies étudiantes qui lisait dans les lignes de la main : « Je te vois dans un très joli tailleur sous un drapeau américain, avec des soldats au garde-à-vous. » Longtemps, elle n'avait pas cru à ces sornettes. Mais maintenant...

## 14

Jim commença à recevoir des lettres de menaces. D'abord, il n'y prêta pas attention. Il y avait tant de folie dans ces mots griffonnés d'une écriture hâtive qu'il crut qu'il était poursuivi par un dément, peut-être un de ses métayers avec lequel il avait été en procès et qui avait perdu la tête. Des propos orduriers s'y mêlaient à des passages de la Bible comme : « Elle multiplia ses débauches, souvenirs de sa jeunesse quand elle se prostituait en Égypte. Elle montra sa sensualité avec leurs débauchés : leur membre est un membre d'âne, leur éjaculation, celle du cheval. Mais des hommes justes les jugeront du jugement qui frappe les femmes adultères et celles qui répandent le sang, car elles sont adultères et il y a du sang sur leurs mains. »

Ces lettres, chaque semaine, devenaient plus nombreuses. À d'autres indices également, Jim sentait qu'il était devenu un « traître » pour les habitants de Norfolk. Ses anciens amis se détournaient sur son passage pour ne pas être vus en sa compagnie. La conversation s'arrêtait au Tomahawk quand il y entrait. Le marchand de journaux prétextait une livraison urgente pour ne pas entamer de conversation avec lui. Tom Steward, le journaliste local, ne lui parlait que lorsqu'il ne pouvait faire autrement. Il lisait dans ses yeux inquiets qu'il avait peur d'être surpris avec lui.

Un matin, descendant à pied vers la Molly River pour aller y pêcher la truite, il avait reçu des pierres. Ce qui l'avait étonné. Il pensait sincèrement que les Noirs l'aimaient en dépit des ridicules accusations du pasteur.

Jim, devant cette hostilité, songeait sérieusement à aller vivre ailleurs. Ce qui le retenait à Norfolk, c'était son désir de ne pas céder aux pressions. Il voulait défendre les Noirs. Tant pis s'ils ne le comprenaient pas. Non qu'il eût pour eux un penchant particulier. Bien sûr, il était attaché à certains d'entre eux, comme Sam l'apiculteur, comme Dolly, la gouvernante qui l'avait élevé. Mais il n'aimait ni le métis Archibald — même s'il appréciait son intelligence et son courage — ni Jonas Savanah, le pasteur noir, parce qu'il jugeait que leurs idées étaient nuisibles à la communauté qu'ils prétendaient défendre. Quel intérêt avaient-ils à prêcher la vengeance ? N'y avait-il pas assez de violence à Bethlehem et à Norfolk ? C'était par la paix, par la persuasion, par l'intelligence qu'on pouvait parvenir à ressouder les liens entre ces deux communautés de plus en plus hostiles. Car ce qui se réveillait, c'était toute la haine accumulée à l'époque de l'esclavage. Il y avait sous ses pieds un volcan de sang qui frémissait et ne demandait qu'à exploser.

C'est pourquoi il restait. Pour tenter de conjurer la violence. Et puis, bien sûr, même s'il refusait de se l'avouer, il y avait Angela. Il espérait toujours. Il n'avait pas renoncé à elle.

## 15

À quinze jours des élections, la situation empira. Chaque soir, des émeutiers et des pillards faisaient des incursions dans Bethlehem. On incendiait les boutiques des commerçants et les édifices publics. On brûlait des voitures. Et ce climat d'insurrection se propageait dans d'autres villes de l'État. Norfolk elle-même découvrit avec stupeur des foyers de violence insoupçonnés. On lança un engin incendiaire sur Le Tomahawk. Le cabaret en bois sur la Molly River où la jeune fille noire avait été assassinée fut également réduit en cendres.

Le gouverneur qui sentait son siège lui échapper accumulait les maladresses. Il usait alternativement de la répression la plus aveugle et des mesures de clémence. Il s'étourdissait des promesses les plus folles. Tout le monde avait le sentiment que l'État n'était plus dirigé et qu'on courait à la catastrophe. Ce climat d'anarchie offrait à tous les ambitieux une chance pour leur carrière. Les jeunes loups qui guignaient des places rêvaient depuis longtemps d'être débarrassés des vieux élus qui n'avaient su faire face à la situation.

Sauf nécessité absolue, les habitants de Norfolk évitaient de sortir de chez eux à la nuit tombante. Dans la journée, aucun ne se risquait dans le quartier noir. Sauf tante Lisbeth qui semblait tout ignorer de la situation et à qui sa folie douce accordait une immunité diplomatique chez les Noirs les plus excités.

Les armes à feu circulaient dans le quartier noir. On supputait d'où elles avaient pu venir. Peut-être des communistes ? Pour une fois, les catholiques ne furent pas mis en cause.

Une fin d'après-midi, Sam l'apiculteur sonna à la porte de la propriété. Il venait livrer ses bocaux de miel à tante Lisbeth. Il était agité et bredouillait comme d'habitude. Il entraîna celle-ci à l'écart.

« Jim doit partir. Tout de suite. On veut le tuer. »

Bien sûr, il ne le dit pas aussi clairement, mais c'est ce que réussit à déchiffrer tante Lisbeth après vingt minutes de palabres.

Sa mission accomplie, Sam l'apiculteur repartit en pédalant ferme car la nuit tombait et, dans ce climat, il ne faisait pas bon d'être un Noir dans ce quartier après la tombée de la nuit.

Tante Lisbeth avertit Jim. Celui-ci refusa d'abord de céder à la menace. Mais tante Lisbeth réussit à le convaincre en lui montrant le danger que sa présence faisait courir à toute sa famille, à elle, à Sally et à ses parents.

Jim appela son chien, prit son fusil, ainsi que plusieurs boîtes de cartouches de chevrotine et partit dans sa Ford en direction de Bethlehem. Il voulait se rapprocher d'Angela. Peut-être le danger qu'il courait parviendrait-il à l'attendrir ?

Il ne pouvait se résoudre à ce qu'elle n'éprouvât plus rien de cet amour qui était toujours aussi vif en lui. Et qui sait si ces événements n'étaient pas un signe du destin pour lui donner l'occasion de la retrouver ? Cette prémonition l'exaltait. Au pire, si elle refusait de le voir — mais il avait la certitude qu'elle ne s'y opposerait pas —, il pourrait trouver refuge chez le père Jérôme à Galway pour y attendre que la situation se fût calmée. Ainsi il tombait dans le piège. Comme un renard. Ce piège, qui l'avait tramé ? Qui avait fait dire à cet étourdi de Sam l'apiculteur que Jim était en danger chez lui afin de le faire sortir de la ville ? Était-ce la conséquence d'une de ces embrouilles du gouverneur ou de ses services qui ne savaient plus où donner de la tête ? Était-ce le métis Archibald pour assouvir sa jalousie et sa vengeance ? Peut-être même n'y avait-il pas un seul responsable, mais, comme il arrive souvent dans ces situations insurrectionnelles, un parti d'excités prêts à tirer vengeance de la première personne dont le nom se présentait à leur esprit. Mais le nom de Jim, qui le leur avait soufflé ?

Jim roula dans la nuit jusqu'au carrefour de l'Arbre-Mort. Dans le lointain, il aperçut des torches qui brûlaient. Les émeutiers s'en étaient pris à une ferme et commençaient à l'incendier.

Il s'arrêta chez un fermier. Celui-ci l'accueillit avec effroi.

« Ne restez pas là, je vous en supplie. J'ai une famille. Je ne veux pas mourir.

— Puis-je téléphoner ? demanda Jim.

— Si vous voulez, mais faites vite. »

Il composa le numéro de téléphone, prêt à raccrocher s'il n'obtenait pas la personne qu'il cherchait. C'était pourtant sa dernière chance. Une voix lui répondit : c'était Angela.

« Je suis en danger. Puis-je venir me réfugier dans la cabane ? »

16

Jim retrouva la cabane à la lisière du bois. Le matelas à même le sol, le seau en fer et les moustiques étaient toujours là. Angela avait posé sur la table un pain et une boîte de conserve. La nuit fut calme. Il avait caché sa voiture dans la forêt en la recouvrant de branchages de telle manière qu'on aurait du mal à la découvrir. Sur le pas de la porte, il regardait les étoiles. Ici, il avait connu ses plus grands moments de bonheur. Il n'avait pas beaucoup plus de besoins qu'un renard : un gîte, une pitance et la liberté. Il savait que, d'un instant à l'autre, les émeutiers risquaient de troubler cette paix. Ivres, enflammés par la haine, des discours ne seraient que de peu d'effet sur eux. À quoi avait servi tout cela : son indignation, le combat qu'il avait mené pour les aider ? À rien, absolument à rien sinon à exacerber la haine. Le seul bénéfice « incommensurable », pour reprendre l'expression du père Jérôme, c'était d'avoir *élargi son cœur*.

Dans la nuit, il entendit des bruits. Le chien gronda. Il regarda par la fenêtre, espérant voir apparaître Angela. Il ne parvenait pas à chasser ce fol espoir. Comme ils étaient proches. Six ou sept cents mètres seulement les séparaient. Il attendit toute la nuit. Au moindre bruit, il tressaillait. Ce n'était pas tant la mort qu'il craignait que de ne pas revoir Angela. Fût-ce pour la dernière fois. Et peu à peu s'ancrait en lui la folle certitude qu'Angela allait venir, que la vie lui devait cet ultime rendez-vous.

Au petit matin, il se dirigea vers sa voiture. Elle avait été incendiée. Les pneus avaient disparu. Il n'en restait qu'une carcasse noircie. Il revint vers la cabane, non sans être repassé par la hutte des charbonniers qui, elle non plus, n'avait pas changé.

Il attendit jusqu'à la nuit. Il avait faim. Surtout, il espérait de toutes ses forces qu'Angela finirait par se laisser attendrir. À chaque bruit, il imaginait qu'elle allait surgir.

Dans le lointain, il entendit des cris. Son chien se mit en alerte. Puis ce fut le silence. Il percevait les battements de son propre cœur.

Soudain, tout s'éclaira autour de la cabane. Des Noirs, le visage dissimulé par des foulards, une torche à la main, l'encerclaient. Jim aurait pu se battre, se barricader et se défendre avec sa carabine. Mais les assaillants étaient trop nombreux. Fallait-il attendre la mort dans cette cabane qu'ils allaient incendier et mourir comme un renard enfumé dans son terrier ? Et Angela ! Non, il ne pouvait mourir sans l'avoir revue. Ce n'était pas possible. Et cette idée lui donna un sentiment d'invincibilité.

Il préféra affronter les émeutiers. Il sortit sur le pas de la porte. Une dizaine de Noirs lui faisaient face. Les torches éclairaient leur troupe hétéroclite. Leurs vêtements étaient tout aussi disparates que leurs armes. Certains possédaient un fusil de chasse, d'autres des machettes, d'autres des manches en bois auxquels ils avaient fixé un couteau. Ils étaient excités et passablement ivres. Quand Jim apparut devant eux sans arme, ils se turent. Cela créa un lourd silence de peur plus impressionnant que leur tumulte.

« Voici l'homme ! » dit l'un d'entre eux.

Jim n'eut que le temps de prononcer une phrase.

« Je voudrais vous parler... »

Toute la bande se rua sur lui. Il fut ceinturé, frappé. On lui lia les mains derrière le dos. Un assaillant le serrait contre lui, pressant sur sa gorge le tranchant de sa machette. Un homme appuya par maladresse sur la détente de son fusil et le coup partit brisant la vitre d'une fenêtre de la cabane. Cette détonation dans la nuit imposa le silence. Chacun s'immobilisa ne sachant que faire. L'homme qui avait tiré regardait son fusil d'un air éberlué comme s'il avait affaire à un objet peu fiable qui l'avait trahi.

Un des hommes apporta un pneu de voiture qu'on attacha autour du cou de Jim. Puis on y versa le contenu d'une bouteille d'essence. Jim, horrifié, se rappela le barbu au visage violacé. Il ne pensait pas à la mort qui lui semblait irréelle et lointaine, mais aux brûlures qui allaient marquer son visage. On l'obligea à se mettre à genoux. L'odeur de l'essence empestait. Soudain, il sentit la chaleur brûlante d'une torche et tout s'embrasa autour de lui. Il perçut une douleur irradiante, comme si on lui arrachait la peau du visage. Une douleur insupportable. Un coup violent sur la nuque lui fit perdre conscience. On venait de le frapper avec une machette. Comme le chien ne cessait d'aboyer, on l'égorgea et on jeta les deux corps dans la cabane qu'on venait d'incendier.

## 17

Cinq jours plus tard, on retrouva le père Jérôme pendu à un chêne. Malgré les hématomes qui couvraient son corps, les traces suspectes sur ses poignets, les experts conclurent au suicide. La police colporta diverses calomnies selon lesquelles il aurait fréquenté de trop près les prostituées et que, pris de remords, voulant à la fois expier ses péchés et éviter un scandale, il avait préféré mettre fin à ses jours. À la demande de l'évêque, une contre-expertise fut réclamée. Mais celle-ci confirma les conclusions de la première. Et comme l'évêque réclamait un supplément d'enquête à la justice fédérale, le corps du prêtre fut incinéré à la suite d'une malencontreuse erreur administrative.

# 18

Après une période décente de deuil, Sally épousa Robert Middelton-Murray. Ils eurent deux enfants. S'étant convertie à l'antiségrégationnisme, tout comme son mari, afin de ramasser les voix de l'électorat noir, elle en devint une farouche militante. Elle adopta un enfant noir, créa des fondations, des hôpitaux, au point qu'on se demandait si elle n'avait pas fini par croire réellement aux idées qu'elle défendait. En fait, elle avait simplement besoin d'avoir foi en quelque chose. Au bout de quelques années, elle s'était mise à voir son nouveau mari tel qu'il était et non tel qu'elle l'avait rêvé. D'autant plus que celui-ci, avec le succès, n'avait plus besoin d'elle et la regardait avec agacement, comme un voyageur pressé inspecte la lourde valise de son épouse qu'il va devoir traîner jusqu'à la gare. Dans ces moments où elle l'agaçait le plus, il lui aurait bien réglé son compte comme il l'avait fait avec la jeune fille noire qui hurlait parce qu'il la violait. Mais sa position ne lui permettait plus ces extravagances qui vont de pair avec les excès de la jeunesse.

Tante Lisbeth se suicida deux ans plus tard quand la guerre éclata en Europe. Elle remplit ses poches de cailloux et se jeta dans la Molly River. Il faut noter que ce suicide est le seul qui soit authentique dans cette histoire, puisque tous les autres, prétendus tels, n'avaient été que de simples crimes hâtivement maquillés.

Le métis Archibald a fait une brillante carrière.

Devenu Vénérable de la loge Montesquieu, élu à la Chambre des représentants, il a été l'un des premiers hommes de couleur à siéger à Washington. Ses idées se sont modérées avec l'âge. Il a plusieurs fois voté avec les ultra-conservateurs pour des motifs qu'il est le seul à connaître. Angela est devenue ardemment catholique. Elle a milité avec les partisans de l'abolitionnisme. Sa fille a fait parler d'elle dans les années soixante-dix lorsqu'elle a été arrêtée par la police pour sa participation au mouvement des Black Panthers.

Tom Steward, le journaliste local, est mort dans un accident de voiture au carrefour de l'Arbre-Mort. Sa vue avait baissé et il continuait cependant à conduire. Surpris par un camion, il fit un écart et sa voiture tomba dans un ravin. Il fut unanimement regretté. On n'avait à Norfolk à lui reprocher en quarante ans de carrière aucune information désagréable.

Jonas Savanah, le pasteur noir, a été nommé président de l'Église épiscopalienne de l'État. Ses prêches évangélistes attirent des foules de plus en plus nombreuses. Mais si grand soit son succès, le Tout-Puissant l'a puni : il a perdu la foi. S'il n'avait pas charge d'âmes et, surtout, la charge de cet orgueil et de sa vanité tyrannique, il changerait volontiers de métier. Quant à la grande école dont il prônait le projet, celle-ci n'a bien sûr jamais été construite à Norfolk puisqu'il était dans son principe même qu'elle ne pouvait l'être. Seule une petite *public school* de dimensions modestes, mais très utile, a été édifiée.

Quant à Edward Brown, le pasteur méthodiste de la communauté blanche, il lui est arrivé des mésaventures. En 1950, les corps affreusement mutilés de deux militants antiségrégationnistes furent découverts dans un champ. Quatre suspects furent inculpés pour ce crime. Mais ils ne furent jugés que cinq ans plus tard lorsque toutes les ressources de la procédure furent épuisées. Surtout quand les policiers et les hommes politiques qui les soutenaient estimèrent qu'il ne servirait à rien de se compromettre davantage. Ils appartenaient tous les quatre à l'organisation du Ku Klux Klan. Le pasteur Edward Brown fut identifié grâce à son break Chevrolet qui avait servi à transporter les corps. En raison de son état ecclésiastique, les jurés l'acquittèrent. En revanche, ils condamnèrent le patron du Tomahawk à un an de prison pour « homicide involontaire ». Il avait clamé devant les juges qu'il souhaitait seulement leur donner « une bonne correction » et que les choses avaient mal tourné.

Le juge Nathan Parker a réalisé son rêve. Poussé par les Middelton-Murray et bénéficiant de leur ascension, il a accédé à la Cour suprême. Nommé à vie, désormais à l'abri des pressions, n'ayant plus de comptes à rendre qu'à sa conscience, il est devenu l'un des juges les plus intègres du pays. Ce qui a profondément déçu les Middelton-Murray qui se sont brouillés avec lui. Pour autant que les Middelton-Murray puissent se brouiller tout à fait avec un homme qui occupe une fonction aussi décisive.

Le procureur Ronald Pearl a été gravement déçu par le jeune David. Celui-ci s'est marié subitement avec une étudiante de l'université des sciences économiques de Chicago. Désespéré, le procureur a tenté de mettre fin à ses jours en se jetant dans la Molly River. Il a été repêché *in extremis* par un jeune maître-nageur noir qui désormais remplace David dans son existence.

Le père et la mère de Jim sont morts très âgés, un mois après l'élection du général Eisenhower.

Robert Middelton-Murray a d'abord échoué à l'élection au poste de gouverneur en raison de la défection de l'électorat noir. Son engagement dans l'armée pendant la guerre où il s'est comporté en héros lors du débarquement en Normandie — une balle dans l'épaule lui a permis d'être rapatrié —, sa subite conversion à la lutte contre la ségrégation raciale lui ont valu de devenir populaire dans la communauté noire et d'être élu gouverneur. Battu aux primaires pour les présidentielles chez les démocrates, il a de très bonnes chances d'être retenu à la prochaine convention et de très sérieux espoirs d'être candidat à la Maison-Blanche : « Toujours la ligne droite... »

Robin Cavish est devenu l'un des journalistes les plus connus des États-Unis. Conseiller du président Kennedy, c'est lui qui a rédigé l'un de ses plus fameux discours sur les droits civiques. Il a cité Jim Gordon parmi les dix hommes méconnus qui avaient sacrifié leur vie à cette cause. Plus tard, avec l'aide des dominicains, il a fait édifier une stèle à Galway pour honorer la mémoire de ces hommes oubliés : Jim y figure en compagnie du père Jérôme.

On a interdit la chasse aux renards qui étaient menacés d'extinction dans la région. Désormais, ils gambadent, sûrs de leur impunité, jusqu'aux abords du jardin public, dérobant dans leur écuelle la pitance des chiens.

Quant à la Molly River, elle coule toujours ; ses bancs de sable à l'ombre des saules pleureurs sont toujours aussi propices aux amoureux. Elle semble ne se souvenir de rien, comme si les hommes passés près d'elle étaient aussi immatériels et fugitifs que les reflets du soleil sur ses eaux vertes.

## PREMIÈRE PARTIE

| | |
|---|---|
| 1. Une odeur nauséabonde | 15 |
| 2. Un scandale étouffé et l'autre pas | 18 |
| 3. Une fille noire enfermée au bordel | 26 |
| 4. Un étranger trop catholique | 29 |
| 5. Lisbeth, la tante fantasque | 33 |
| 6. Le métis Archibald | 36 |
| 7. Jim à la chasse | 41 |
| 8. Deux pasteurs se livrent une guerre sainte | 45 |
| 9. Le journaliste amoureux de Sally | 49 |
| 10. Le drame du lit conjugal | 53 |
| 11. Le prêtre de Galway | 55 |
| 12. Rivalité entre amis | 59 |
| 13. La vie secrète de Jim | 64 |
| 14. Angela : une fausse vie conjugale | 68 |
| 15. « Le poulet a parlé » | 71 |

## DEUXIÈME PARTIE

| | |
|---|---|
| 1. Nouveau scandale | 77 |
| 2. Norfolk humiliée | 81 |
| 3. « Un foutu bâtard de journaliste » | 84 |
| 4. Méditation du métis Archibald | 86 |

| | |
|---|---:|
| 5. Le sexe d'Angela | 90 |
| 6. Le FBI mène l'enquête | 94 |
| 7. Jim témoin gênant | 99 |
| 8. Une loge maçonnique | 102 |
| 9. Un avocat bellâtre | 105 |
| 10. L'astuce d'un juge | 107 |
| 11. Le tribunal de Bethlehem | 110 |
| 12. Un dangereux fumeur de pipe | 117 |
| 13. Trois hommes sauvés de la noyade | 119 |
| 14. De la honte à la gloire | 123 |
| 15. Un verdict équitable | 126 |
| 16. Sentiment d'injustice | 128 |
| 17. La venue de Vanina | 129 |
| 18. Fiesta chez les Middelton-Murray | 131 |

## TROISIÈME PARTIE

| | |
|---|---:|
| 1. La jalousie de Jim | 137 |
| 2. Scènes de la rue | 139 |
| 3. Ultime rencontre avec Angela | 143 |
| 4. L'adultère de Sally | 145 |
| 5. Mélancolie | 147 |
| 6. Un enjeu politique | 149 |
| 7. « For the Law » | 150 |
| 8. La pomme de discorde | 155 |
| 9. La grande messe noire | 158 |
| 10. « Wendy la rage » | 161 |
| 11. La conversion | 163 |
| 12. Le cyclone Lola | 165 |
| 13. Divorce de Sally | 168 |
| 14. Lettres de menaces | 170 |
| 15. Le climat empire | 172 |
| 16. Retour à la cabane | 175 |
| 17. Mort du père Jérôme | 178 |
| 18. « La ligne droite » | 179 |

# DU MÊME AUTEUR

### Aux Éditions Gallimard

LE GOÛT DU MALHEUR, *roman* (« Folio », n° 2734).
MORNY, UN VOLUPTUEUX AU POUVOIR, *essai* (« Folio », n° 2952).
BERNIS, LE CARDINAL DES PLAISIRS, *essai* (« Folio », n° 3411).
UNE JEUNESSE À L'OMBRE DE LA LUMIÈRE, *roman* (« Folio », n° 3768).
UNE FAMILLE DANS L'IMPRESSIONNISME, coll. « Livres d'art ».
NOUS NE SAVONS PAS AIMER, *roman* (« Folio », n° 4009).
LE SCANDALE, *roman* (« Folio », n° 4589).

### Aux Éditions Grasset

LA FUITE EN POLOGNE, *roman*.
LA BLESSURE DE GEORGES ASLO, *roman*.
LES FEUX DU POUVOIR, *roman*, prix Interallié.
LE MYTHOMANE, *roman*.
AVANT-GUERRE, *roman*, prix Renaudot.
ILS ONT CHOISI LA NUIT, *essai*.
LE CAVALIER BLESSÉ, *roman*.
LA FEMME DE PROIE, *roman*.
LE VOLEUR DE JEUNESSE, *roman*.
L'INVENTION DE L'AMOUR, *roman*.
LA NOBLESSE DES VAINCUS, *essai*.
ADIEU À LA FRANCE QUI S'EN VA, *essai*.
MES FAUVES, *essai*.

### Chez d'autres éditeurs

OMAR, LA CONSTRUCTION D'UN COUPABLE, *essai*, Éditions de Fallois.
LIBERTIN ET CHRÉTIEN, Desclée de Brouwer.
GORKI, L'EXILÉ DE CAPRI, *théâtre*, L'Avant-Scène.

*Composition Imprimerie Floch.*
*Impression Novoprint*
*à Barcelone, le 20 août 2007.*
*Dépôt légal : août 2007.*

ISBN 978-2-07-034730-0 / Imprimé en Espagne.

**152396**